【主要登場人物】

多田文治郎　二十六歳。後に書家、漢学、儒学の碩学、洒落本の作者として名を馳せる沢田東江。後年、書塾を開いて多くの弟子を育て、東江流と呼ばれる書の一派は江戸を席巻した。「柳橋の美少年」と呼ばれた好漢。

宮本甚五左衛門　二十代なかば。浦賀奉行所与力から稲生正英の推挙で徒目付、百俵五人扶持に異動した。文治郎の学友。

稲生下野守正英　四十代なかば。幕府の目付役、二千石。後に

涼　相州公郷村の漁師の娘。嫌な許婚から逃げ

沼波弄山　陶物師（陶芸家）。伊勢桑名国の豪商・五

木。

竹川政信　弄山の一番弟子。弄山の妻の甥。

柿沼館次郎　弄山の二番弟子。

沢本浩一郎　弄山の三番弟子。

大久保忠舒　西丸御書院番。俳名・巨川。

河原田内膳　二丸留守居役。

小松屋三右衛門　元飯田町の薬種商。雅号・百亀。

杉田玄白　蘭方医。

鈴木次郎兵衛　神田白壁町家主。

池之端　鳳来屋　全体図

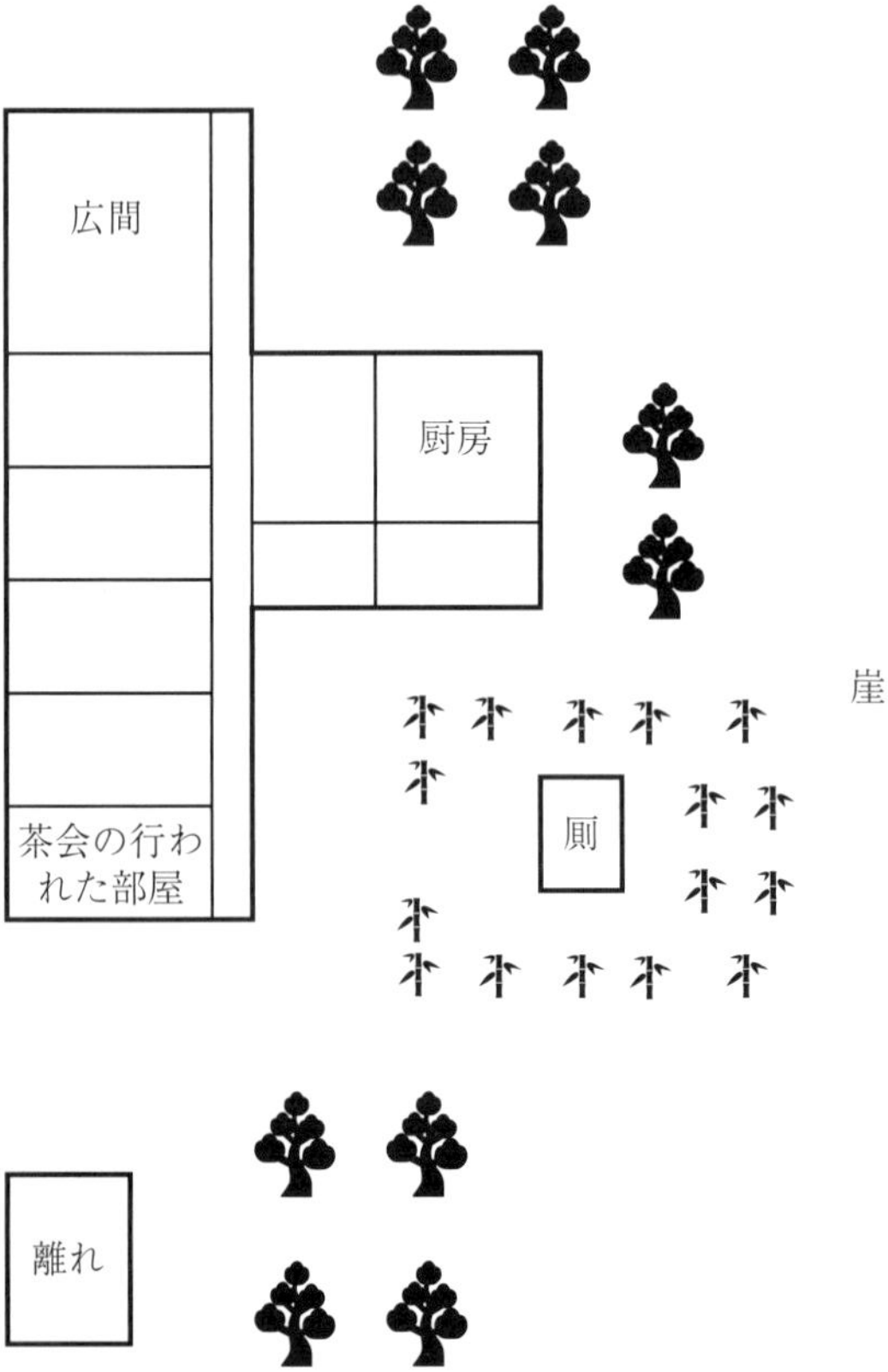

池之端　鳳来屋　離れ

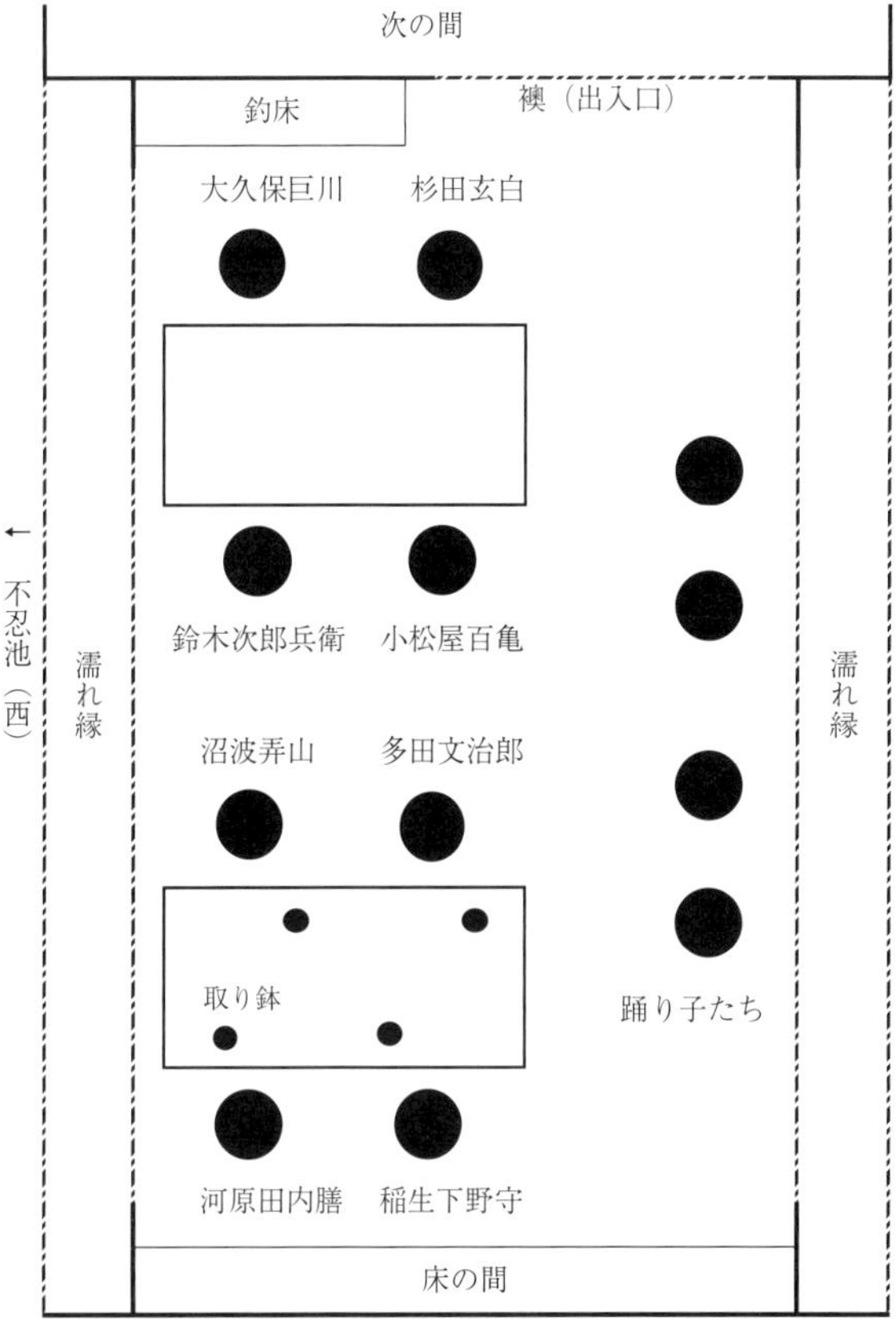
次の間
釣床
襖（出入口）
大久保巨川
杉田玄白
鈴木次郎兵衛
小松屋百亀
沼波弄山
多田文治郎
取り鉢
踊り子たち
河原田内膳
稲生下野守
床の間
← 不忍池（西）
濡れ縁
濡れ縁
→ 中庭（東）

江戸萬古の瑞《ずい》雲《うん》

多田文治郎推理帖

鳴 神 響 一

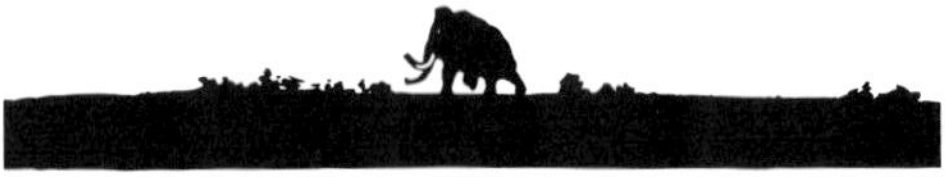

幻冬舎文庫

江戸萬古の瑞雲《ずいうん》

多田文治郎推理帖

目次

第一章　宴　11
第二章　迷　85
第三章　縁　167

第一章　宴

1

瑠璃《るり》色に冷たく澄み切った江戸の空を、金太郎やら波鶴の角凧や、ひげを生やした奴凧が賑やかに飾っていた。

宝暦八年（一七五八）の松の内は、元日からよい天気が続いていた。

正月七日の昼前のこと、多田文治郎は、西両国下柳原同朋町《しもやなぎわらどうぼうちょう》にある自宅の土間の流し台に立って庖丁を手にしていた。自宅と言ってもせまい棟割長屋の一室である。

〽七草なずな　唐土《とうど》の鳥と　日本の島が　渡らぬ先に　ストトントン

文治郎は、あまり切れぬ庖丁でナズナを刻みながら、小さく歌っている。

『七草なずな』とか『七草ばやし』などと呼ばれるわらべ歌である。正月七日に七草粥を作るためにに野菜を刻むときに古くから歌われてきた。

江戸で春の七草のすべてを粥に炊く家は少なかった。ナズナをたいてい入れる。あとは大根や蕪の葉など、一、二種くらいの野菜しか使わないのがふつうだった。文治郎はナズナと、ぬか漬けに使った蕪の葉を入れることにした。

後の世では沢田東江《さわだとうこう》の名で、書家として、あるいは漢学や儒学の碩学《せきがく》として世に知られる文治郎であるが、いまはただの浪人者である。

ちょうど一年前、唐詩選と百人一首をかけあわせて洒落のめした『異素六帖《いそろくじょう》』を上梓してからは洒落本の戯作者としていくらかは世に名が知れてきた。

「誰だい」

戸口に立つ影が見えたので誰何《すいか》すると、よく通る声が響いた。

「拙者だ」

引き戸が開いて色浅黒く精悍な顔がぬっと現れた。

「なんだ、甚五左衛門《じんござえもん》か。おめでとう」

「新年めでとうござる」

宮本《みやもと》甚五左衛門は生真面目にあいさつした。

「まぁ、上がれよ」

文治郎の言葉に従って、甚五左衛門は座敷に上がった。

「つとめは休みか」

公儀徒目付《かちめつけ》の職に就いている甚五左衛門だが、今日は無紋の羽織袴姿だった。おまけになぜか供を一人も連れていない。

「ああ、今日は非番だ……」

「そうか、冷酒《ひや》でいいならちょっと飲《や》っていかないか。さっき、魚屋の小僧が走りの白魚を持ってきたんだ」

「そいつはいいな。頂こう」

手早くショウガをすりおろして醤油皿に添え、文治郎は二つの向こう付けに白魚を山盛りにして持ってきた。

箸からつるりと口の中に滑り込む感触がいい。

ぷりっとした歯ごたえを楽しみながらゆっくりと嚙むと、ほのかな甘みと豊かな旨みが口の中でひろがる。

「こいつは美味いな。やっぱり白魚は大川（隅田川）のに限るよ」

「浦賀勤めの時にはずいぶん美味い魚を食ったが、白魚は食べた覚えがないな」

甚五左衛門は秋までは浦賀奉行所の与力だった。

この冬、甚五左衛門は公儀目付役の稲生下野守正英《いのうしもつけのかみまさふさ》の引き立てで、その下役である徒目付に役替えになっていた。

徒目付は、千代田城内での宿直《とのい》と登城時の大名や旗本・御家人の素行の監察を本務とする。が、老中・若年寄の密命を受けて幕閣の知りたいことを隠密に調べる職務も担っている。

日頃の甚五左衛門は、裃《かみしも》を着て御徒町の組屋敷から本丸御殿の玄関右にある番所に通っている。

「ところで『柳橋の美少年』ともあろう者が、七草粥を自分で作ってるのか」

書を教えて得た稼ぎで文治郎は新吉原《よしわら》で派手に遊んでいた。

この長屋が神田川河口に掛かる柳橋のたもとにあることから遊妓たちは文治郎を「柳橋の美少年」などともてはやしていた。

だが、この正月で二十七を数えた文治郎である。もはや少年という年でもない。

「その呼び方はよしてくれよ、甚五左衛門よ」

「新吉原の美妓と差し向かいで七草粥というのはないのか」

にっと甚五左衛門は笑った。

ふだんは怒っているようにも見える甚五左衛門だが、笑って目が細くなると、人のよさ丸出しという顔つきを見せる。

「いや、吉原《なか》には『初買い』に行って、金を使いすぎた。当分、北州には足をむけないことにしているんだ」

「初買いっていう習いがあるのか」

甚五左衛門は新吉原のことなど何も知らない。

「ああ、さすがの吉原も大晦日は居続けの客はとらないんだ。元日だけは休みでね。朝のうちに忘八（楼主）は見世の女の子たちに小袖を贈るんだ。で、屠蘇《とそ》や雑煮が振る舞われて世間並みの一日となる。仕事始めは翌二日で、暮れに約束していた馴染み客が登楼することになっている。これを初買いというのだよ、甚五左衛門」

「いちいち名前を呼ぶなと申しておるではないか」

甚五左衛門は年寄り臭いこの通称を呼ばれることを嫌がっている。

「ははは。まぁ馴染みの妓《こ》にお茶をひかせるわけにはいかないからね」

「……お茶をひく……なんだそりゃ」

「吉原で客が付かないことを、そう言うんだ」

文治郎の馴染みは深雪《みゆき》という十八になったばかりの、ある小見世の遊妓だった。

小見世としては最上位の座敷持ちという格であり、人気の高い遊妓だけに初買いに客が付かないことはあり得ない。だが、深雪に年の初めを自分と一緒にすごしてほしいと頼まれれば断れなかった。

「かわいい妓だぞ。そうだ、いっぺん一緒に吉原に遊びに行かないか」

「冗談を申すな。おぬしのように気楽な身分ではない」

甚五左衛門は身をすくめた。宝暦に入ってゆるんでいるとはいえ、旗本・御家人の登楼は禁じられている。

「いや、別に気楽な身分ではないぞ。これでいろいろと悩みがあるんだぞ」

文治郎は猪口《ちょこ》の中身を干した。

「そうかねぇ」

二人は築地の儒学者、井上蘭台《らんだい》のもとで机を並べて学んでいた学友だった。だが、まともな職に就いている甚五左衛門と比べて、文治郎が日々気楽に生きていることはたしかだ。

「だいたい、七草粥なんてのは昨夜のうちに作るか、今朝早く作るもんだろ、お天道さまが高くなってから、七草なずなもないもんだろ」

甚五左衛門はあきれ声を出した。甚五左衛門の言葉通り、多くの家では六日の晩に作ることが多かった。

「いつも来る魚屋の小僧に起こされるまで朝寝してたんだ……」

昨夜は深更まで、新しい洒落本の考えを練って書き物をしていた。

「武士たる者がなんて自堕落な暮らしぶりだ」

「わたしは学徒だよ。武士じゃない」

文治郎は素浪人であって、町人として扱われる身分であることには違いない。

「また逃げる。したが、おぬしは大小を手挟《たばさ》んでいるではないか」

「しかし、甚五左衛門は小姑みたいだな」

ほんの軽い冗談のつもりだったが、急に甚五左衛門は顔を曇らせた。

「それなんだ……」

甚五左衛門は猪口を手にしたまま、太い眉を寄せた。

「なんだよ。深刻そうな顔をして」

「ほかの者には相談できぬ。文治郎、聞いてくれるか」

「話を聞かせるために御徒町から、わざわざ来たんだろ」

「実は悩んでいる……」

ますます苦しそうな顔に甚五左衛門は変わった。

「徒《あだ》し女にでも惚れたか」

「おぬしじゃあるまいし、そんな色っぽい話じゃない。家には小者が二人いるのは知っているだろう」

「ああ、小吉と捨蔵だったな」

甚五左衛門がいつも供に連れている三十前後の男たちだった。

「そうだ、あの二人は親の代からの郎党だ。したが、御用繁多となったし、屋敷も大きくなったので、暮れに小者を一人抱えた」

「禄高も八十俵から百俵五人扶持に増えたわけだしな」

「まぁ、その点ではおぬしに感謝しているよ」

甚五左衛門は徳利を差し出し、文治郎の猪口に酒を注いだ。

昨夏、出張っていた甚五左衛門に頼まれて、相州の猿島で起きた奇怪な六人殺しの謎を解いた。下野守にその際の働きを認められて、甚五左衛門は徒目付の職に就くことができたのであった。

「それで、家来を増やしたというわけか」

「ああ、与助っていう十七の若い男を雇ったんだ」

「その男は、仕事ができないとか、怠け者なのか」

甚五左衛門は首を横に振った。

「逆だ。目から鼻に抜けるように賢くて働き者だ」

「よい郎党ではないか。めっけものだな」

「そうなんだ。ところが、近頃、ちっとも元気がない。ため息ばかりをついているんだ。心配して本人に聞いてみたら何も答えぬ」

「それは気がかりだな」

「よくようすを見ていると、どうも捨蔵を避けているようなところがある。そこで、もう一人の小者の小吉にこっそり聞いてみた」

「与助が元気がないのは、捨蔵のせいだったんだな」

「そうなんだ。捨蔵は仕事について厳しすぎるようなのだ。たとえば、与助が買ってくる豆腐が硬いとかやわらかいとか、廊下を拭くのに桶に汲む水は二杯までにしろとか、とにかく事細かく口を出すらしいのだ」

弱り顔の甚五左衛門に危うく噴き出しそうになった。

「それこそ小姑だな」

「そこで、捨蔵を呼んでたしなめた。ところが、かえってむくれてしまったのだ」

「なんて言って、捨蔵をたしなめたんだ」

「『おぬしは少し厳しすぎる。あまり与助につらくあたるな』と申したのだ。そしたら、『旦那さまへの忠義が足りず万事に気が利かぬ与助に仕事を教えているのが何が悪いのですか』と食って掛かられてな。その後は何を命じても生返事ばかりだ」

「それは困ったな」

文治郎には宮本家中のようすが目に見えるような気がした。

「正直、困っている。捨蔵はもともと小吉よりもずっと働き者で気性も真面目だ」

「要は妬《ねた》み嫉《そね》みだよ」

「やきもちか……」

「捨蔵は頑張って忠義を尽くしてきただけに、若くて仕事ができて、おぬしに気に入られている与助が気に入らぬのよ。男のやきもちは女のそれより怖いぞ」

「まことか」

「ああ、古来、新参者を寵愛しすぎたために功臣が妬んで騒ぎが起き、滅んだ家は枚挙にいとまがない」

「おいおい、よしてくれよ」

甚五左衛門は身をそらした。

「まずはな、捨蔵の忠義を褒《ほ》めることだ。とにかくよいところを見つけるようにして、気づいたら始終褒めてやる。自分が認められていると思えば、捨蔵も寛大な気持ちを取り戻せる」

「そうかぁ」

甚五左衛門はうなった。

「捨蔵、おまえはきつい、みたいな叱り方はするな」

「どういう意味だ」

「捨蔵の人柄を難ずるような叱り方をするなということだ。たとえば、叱るにしても豆腐はやわらかくても硬くてもよい。武士たる者は食の好みをあれこれ言うべきでないと豆腐のせいにしてしまえばよいのだ」

「なるほどなぁ」

「ただし、そういう時も、厳しい態度をとっては駄目だ。明るくやさしく冗談めかして叱ってやるのだ」

「わかった。おぬしの言う通りにしてみる。しかし、さすがは文治郎だ。吉原で女の心を惑わすだけに、人の心の機微をよく知っておる」

「なんて言いようだ。教えてやって損をした」

文治郎はあきれ声を出した。

甚五左衛門はぴしゃりと自分のおでこを叩いて話題を変えた。

「すまぬすまぬ。冗談だ、気にするな。ところで、さっき『七草ばやし』などを歌っておったが、ずいぶんと機嫌がよいではないか」

「十日が楽しみでな」

「十日に何があるのだ」

「実は、稲生下野守さまからある宴《うたげ》に誘われていてな」

「それは初耳だが、おぬしは吉原などで美味いものは食いつけているのだろう」

「いや、それがな。いままで食べたことがないような料理が出るのだ」

話していて文治郎はわくわくしてきた。

「とてつもなく美味いものが食えるのか」

「美味いかどうかはわからぬ」

「なぜだ」

「いまだに食したことがないからな」

「落とし話だな。まったく……で、どんな料理なのだ」

「普《ふ》茶《ちゃ》料理と申してな。清《しん》国の精進料理だ」

「清国と申すと唐土《もろこし》か」

「四代さま（徳川家綱）の頃に明国から隠元隆琦《いんげんりゅうき》という禅僧が渡来した。隠元禅師によって唐土からさまざまな文物が邦土に到来した」

「もしかすると隠元豆もそうか」

「その通りだ。隠元禅師がいなければ、もやしもなかった。で、隠元禅師は黄檗宗《おうばくしゅう》という禅の一派を開き、宇治に萬福寺という寺を建てた。その寺に伝わった唐風の精進料理が普茶料理よ」

隠元は還暦を過ぎて来日したが、その中年期に明国は清国に変わっていた。だが、隠元禅師が持ち込んだ文物はすべて明国の風俗であった。

「要は精進料理で、魚などの生臭物を使わぬのだろう。あれは淡白でつまらぬ」

「それがな、油を多用し、本邦の精進料理とはまったく異なる風味だそうだ」

「へぇ、文治郎がそこまで食い物に執着するとは驚いたな」

「いや、珍しいのは料理だけではない」

「と申すと」

「会食の有り様がまったく違う。卓の上に料理を出すのだ」

「卓というと文机《ふづくえ》を大きくしたようなものだな」

「そうだ。訪客は卓の前に座る。料理は卓に出されるというわけだ」

「え、膳を使わぬのか」

甚五左衛門は目を丸くした。

「使わぬ。直《じか》に卓に出てくる」

「膳を使わぬ会食など、聞いたことがないぞ」

会食では本膳（宗和《そうわ》膳）と呼ばれる黒か朱の漆塗り四つ脚膳を用いるのがふつうだ

ったが、会食に限らず、田舎の百姓家でも食事は膳を使って摂るものである。

平安の昔の庶民は折敷《おしき》という平盆に近い食台で食事を摂っており、貴族は高坏《たかつき》という脚の付いた丸い盆を使っていた。やがて衝重《ついがさね》と呼ばれる脚の付いた盆があらわれ、これは後に三方《さんぽう》と呼ばれて神事と並んで宴席の食台として普及する。一方、折敷に脚を付けた食台が出現し、これが膳と呼ばれて江戸期くらいから庶民にもひろまった。


「しかも、料理は大皿や大鉢に盛られて供され、各自で取り分けるというのだ。長崎には清国風に和蘭陀《オランダ》風を加えた卓袱《しっぽく》料理があると聞き及んでいる。この料理も卓を用いるそうだ。二つのように膳を使わぬ宴席料理など見たことはない。こんな珍しい料理を上野の池之端で食せるのだ」

「へぇ……池之端に普茶料理とやらを出す店があるのか」

甚五左衛門はすでに興味を失ったような顔を見せている。

「うん『鳳来屋《ほうらいや》』という会亭（料理茶屋）でね。不忍池《しのばずのいけ》の眺めも素晴らしいそうだ。先に申した萬福寺の塔頭《たっちゅう》では普茶料理を出すそうだが、江戸では聞いたことがない」

「普茶料理というのが珍しいことはわかった。だが、そこまではしゃぐ文治郎がわからぬ。しょせんは飯の食い方ではないか」

「おいおい、さようにかるく申すな。これは大きく言えば、異国と我が国の国風の違いではないか」

「……まったく文治郎は物好きな男だな」

甚五左衛門は鼻から息を大きく吐いた。

文治郎は自分でも物好き（好奇心）が抑えられない性質《たち》だった。景色でも音曲でも工芸でも芝居でも、此度のように料理であっても、おもしろいとなると我を忘れて食いついてしまうところがある。

「それだけではないぞ。此度の宴はおもしろい人物が主催者なのだ」

「どこの何者だ」

「沼波弄山《ぬなみろうざん》という大変にすぐれた陶物師《すえものし》だ」

「陶物師というと、焼き物を焼く男か。今戸焼なんぞのような」

「おいおい、ひとつ何十文というような土鍋と一緒にするな」

「ああ、大名道具のような陶磁器か。茶の道などに使う」

「そうだ。茶趣味に富んだものだ」

伊勢国桑名の豪商であった弄山こと沼波五左衛門は若き日から表千家の茶道を究め、茶趣味が昂じて作陶の道に入った。

「弄山さんの作品は世評を呼び、ついには将軍家の目にとまった。数年前に公儀の命で伊勢国から江戸に居を移し、葛飾郡の小梅村で築窯した。いまでは将軍家御数寄屋御用をつとめており、江戸で随一の陶物師となっている」

「そりゃあたいしたもんだ。将軍家御用達の陶物師となると、身分は町人であっても、ある意味、下手な旗本よりも上に扱われるからな」

甚五左衛門は本気で感心した。

「わたしは一度、ある大商人《おおあきんど》の持っている弄山さんの金彩赤絵の花入れを見る機会を得た。龍文を描いた精緻で素晴らしいものだったが、この龍に驚いた」

「羽でも生えていたか」

「なんで知っているのだ」

文治郎は驚きの声を上げた。

「まことの話だったか。戯《ざ》れ言《ごと》を言っただけなんだ」

「なんだ冗談か」

「したが、羽の生えた龍など見たことはないぞ」

「持ち主の商人から聞いた話では、和蘭陀の龍には羽が生えているそうだ。弄山さんは和蘭陀の書物から龍の絵を花入れに写したんだ。これには驚く」

「なるほどな。勉強家というわけだ」

ふたたび甚五左衛門は関心を失ったような顔に戻った。

「とにかく、ほかで見たこともないような花入れだったのだ」

赤絵陶器をはじめとして、唐風や和蘭陀風の意匠を採り入れた多彩な作風は、京焼を手本としながらも誰にも真似のできないものとして知られている。

「弄山さんが、自分の作に『萬古《ばんこ》』や『萬古不易《ふえき》』の陶印を捺《お》したことから、その作は萬古焼と呼ばれているんだ」

「萬古とは永久《とわ》に変わらないものの意だな……」

「そうだ。十日の宴では弄山さんが作った食器をたくさん使ってくれるらしい。どうも、弄山さんが自分の焼き物を知ってほしいと思っている人たちを招いているようだ」

「弄山という仁は、新たな顧客を増やしたいのかな」

「そういうわけでもないようだ。そもそも弄山さんは、高名だし、その作は引っ張りだこだ。今さら顧客を広げる必要もないと思う」

「まぁ、将軍家御用達だからな」

「招かれているのは俳人として知られている御仁や、絵描き、医者などで、金持ちの大商人などはいないそうだ」

「そんな席に、なんで文治郎が招かれるんだ。金ばかりか名もないのに……」

甚五左衛門は首を傾げた。

「ははは、おぬしの申す通りだな。いや、先日、下野守さまとたまたま焼き物の話をしていたら、此度の宴に誘われたのよ」

「へぇ、そいつは豪儀だな」

「どうやら、黒田少将さまのお屋敷の一件を片づけたわたしへのご褒美とお考え下さったようだ」

「ああ、暮れの祝儀能での殺しの件だな……なるほどわかったぞ」

甚五左衛門はぽんと手を打った。

「何がわかったというのだ」

「下野守さまは目付役だけあって、大変に冴えて万事にすぐれたお方だ。ただ、風雅の道は苦手と見える。それで、おぬしに助太刀を求めたというようなわけだな」

「さて、わたしが役に立つとも思えぬが……」

「役に立つさ。さっきから文治郎は熱に浮かされたように料理や焼き物のことを話しているが、拙者にはちっともおもしろい話ではない」

「こんなにおもしろい話はないのだがなぁ」

「文治郎、おぬしはまったく以て物好きな男だな」

甚五左衛門は鼻から大きく息を吐いた。

「今日はよい助言をもらって感謝するぞ」

白魚を食べ終え、戸口に立った甚五左衛門は、丁寧に頭を下げた。

「たいしたことは言ってないよ。とにかく捨蔵の心を開くことだね」

「ああ、試してみる」

甚五左衛門は朗らかに言って帰っていった。

(まぁ、わたしの物好きの病いは治りそうもないな)

凧が賑やかに揚がる両国の空を見上げながら、文治郎は内心で苦笑していた。

2

障子の外がほんわりとあたたかく光っている。

昨夜積もった雪がやわらかな輝きを見せているのであった。

松の内は好天続きだったが、昨夜はかなりの雪が降った。いちばん寒い時季とあって降雪は珍しいものではなかった。

正月十日、多田文治郎は池之端の水屋が切ってある八畳間で、赤絵唐獅子文の抹茶碗を手にしていた。

霰釜《あられがま》のたぎる音に交じって、茶筅《ちゃせん》をさばく心地よい音が響いている。

目の前に座る亭主こそ、世に名高い沼波弄山であった。

あらためて文治郎は弄山に見入った。

年の頃は四十過ぎか。樺茶《かばちゃ》色の袷小袖《あわせこそで》に黒い十徳を羽織った茶人じみた形装《なり》に身を包んでいた。

ふっくらとした色白の顔に小作りな目鼻立ちが品よくまとまっている。一見、苦労知らずの大店《おおだな》の主人という雰囲気を醸している。

だが、茶を点てる澄んだ弄山の瞳に、文治郎は少なからず驚かされた。まるで童子のごとき邪気のなさを持っているからであった。

客は巨川《きょせん》の俳名で名高い西丸御書院番の大久保忠舒《おおくぼただのぶ》、二丸留守居役の河原田内膳《かわらだないぜん》といった富裕な旗本たちと、百亀《ひゃつき》と号して画と戯作の才で知られる元飯田町の薬種商の主人である小松屋三右衛門、日本橋で昨年開業したばかりの蘭方医の杉田玄白、画筆に巧みな神田白壁町の家主である鈴木次郎兵衛に、文治郎と下野守を加えた七人であった。

弄山が選んだ多彩な訪客は、温雅な顔つきの者が多く、趣味人が多いように感じられた。

茶会が跳ねて、別間に移った。

十畳ほどの数寄屋造りの部屋に、文治郎たちは談笑しながら入っていった。

弄山が目顔で合図すると、二人の女中が障子を開け放った。

濡れ縁の向こうに不忍池の雪景がひろがった。

眼下に濃藍色の水面が深く沈んで、右手には丹色《にいろ》の弁天堂に載った青銅葺屋根《あおやね》が白く覆われている。

対岸の下谷茅町《したやかやちょう》二丁目の茅葺き屋根が白い小さな山並みのように見え、その向こうには加賀前田屋敷の瓦屋根が雄大な様を真っ白に輝かせていた。

中空に上がった陽の光を浴びて、積もった雪も水面のさざ波もきらきらしく輝いていた。

「これはなんとも見事な」

「これはなによりの馳走でござるな」

「まさに眼福でございます」

部屋に入った客たちから歓声が上がった。

弄山はと見ると、食い入るような目で不忍池の雪景に見入っている。その姿はまるで、目の前の風景を心の中に写し取ろうとしているようにさえ見えた。

寒風がさっと吹き込んだ。

一瞬、文治郎も身を震わせた。

「さ、もうよかろう」

弄山の言葉に、女中がふたたび障子に手を掛けると、

「せっかくの目の馳走だ。障子を立ててしまってはもったいない」

大久保巨川の言葉に多くの者がうなずいた。三十代半ばくらいのふっくらとした色白で明るい顔立ちの旗本である。

「それでは、少しお寒いかもしれませんが、しばし、このままと致しましょう」

気の利いたことに部屋には陶製の火鉢が三カ所に赤々と熾《おこ》されていた。

部屋には二つの四角い座卓が用意されていた。長方形の座卓自体も見慣れぬものだが、その上には卓を覆う華やかな赤い布地が掛けられている。

「本日は普茶料理を召し上がって頂こうと思いまして、かように鶴と亀の二つの卓をご用意致しました」

「ほう、京は萬福寺で供するというあの普茶料理でござるか」

鈴木次郎兵衛が身を乗り出して聞くと、弄山はにこやかにうなずいた。

「はい、普茶は鳳来屋の名物でございます。これは老若男女の別なく四人でひとつの卓を囲み、茶とともに清国風の料理を楽しむことになっております。そこで、今日のお席ですが、無礼講ということに致したいのですが」

弄山は遠慮がちに申し出た。

旗本が三人もいる。下野守は従五位下《じゅごいのげ》の官位を持つ上に二千石、巨川は千六百石、内膳は七百石の禄を食《は》んでいる。本来ならば、宴席では身分の上下に従って席は決められる。

しかし、そこは粋人たちの集まりだった。すぐに巨川が明るい声で残りの二人の旗本に確かめた。

「さような無粋なことは申さずともよろしかろう。下野どの、内膳どの、お差し支えござらんな」

「むろんのこと……肩の凝らない席と致したいですな」

もっとも禄高《ろくだか》と身分が高い下野守は、わずかに微笑みを浮かべて恬淡《てんたん》と答えた。

「ありがとう存じます。普茶は『普《あまね》く衆に茶を振る舞う』という禅家の教えから出ている言葉でございます」

なるほど、仏菩薩の前に衆生《しゅじょう》はすべて等しいもの、という考えがこの振る舞いの底には流れているのだ。その意味で千利休が考え出した茶室の躙《にじ》り口と相通ずるものがあるのだな。文治郎はちょっとした感銘を受けた。

「本日はわたくしの大切な皆さまをお招き致しましたが、下野守さまと多田先生のほかは、皆さまが初対面と伺っております。このひととき、初めての方同士もお話が弾まれることを楽しみにしております」

茶室で紹介を受けてはいたが、文治郎は下野守以外のすべての人物と初対面だった。

「では、拙者はここに座らせてもらう」

さっさと床の間を背にした上座の西側の席に着いたのは、河原田内膳だった。内膳は四十過ぎか。あごの尖った細長い輪郭で鼻筋は通っているが、太い眉の下の目つきが鋭い。

内膳が座ったのは不忍池がいちばんよく見える位置だった。

下野守は無言で内膳の右隣に座った。上座に自分が座らねば収まりがつかぬと考えたのであろう。

「身どももこの名景をゆっくりと味わいたいな」

巨川はやはり濡れ縁に近い西側で、内膳とは反対の釣床を背にして座った。

無礼講とはなったが、さすがに残りの者はなかなか席に着けずにいた。

雅名は知られているとはいっても本業は薬種商に過ぎぬ小松屋百亀やこの座でいちばん若い医者の玄白は入口近くに立ったままでいる。まして神田白壁町の家主に過ぎぬ鈴木次郎兵衛はうろうろと目を泳がせていた。

浪人者の文治郎とて同じことだったが、下野守が手招きしたので、その正面に座ることにした。

「申し訳ないですが、わたしも景色をよく見たいので……」

鈴木次郎兵衛が、頭を下げつつ巨川の向かいの濡れ縁側に座った。画筆に巧みと聞いているが、心の細やかそうな痩せぎすの三十代半ばくらいの男であった。

でっぷりと太って温和な顔つきの小松屋百亀が次郎兵衛の隣に座り、入口にいちばん近い向かい側の席に若い玄白が座った。玄白は二十代半ば過ぎか。卵形の顔に怜悧そうな両眼が涼しく見える。江戸の医者には坊主頭が多いが、玄白は文治郎と同じく総髪に結っている。

ただひとつ残った文治郎の隣の濡れ縁側には、弄山が座ることとなった。

「どうやら収まりがついたようでござるな」

巨川が笑って場が和やかになった。

文治郎はあらためて目の前の卓に見入った。掛けられた布は赤色を基調として精緻な草木模様が黄色や青、緑などで細かく染められて、ことさらに異国風であった。

「それは古渡り更紗《さらさ》でございますよ」

弄山がやわらかい声で教えてくれた。

古渡り更紗とは室町の終わりから江戸の初めにかけて渡来した木綿布だった。ほとんどが天竺《てんじく》（インド）で染められたもので、茶人や富裕な武家などに珍重された。これだけの大きさのものとなると、目にすること自体がまれである。

「古渡り更紗も素晴らしいですが、それにも増して器の美しさには驚きます」

更紗で覆われた卓上には、酒器や食器がずらりと用意されていた。いずれも華やかな彩りと優美さに満ちた焼き物であった。

「恐れ入ります。本日用います器は、すべて拙作でございます。並んでおります食器は以前より鳳来屋が買い上げてくれて、賓客の宴では使ってもらっております。茶席で使いました茶碗と水指は本日のために持ち込みました」

「いや、まったく見惚れます……」

文治郎はすっきりと華奢な水指を手に取った。

高さ一尺ほどで、長い曲線を描く細い注ぎ口と、負けずに細い柄を持つかたちが珍しく、いかにも異国風であった。

「赤絵盛盞瓶《せいさんぴん》でございますな。水指や酒注ぎとして使うものですが、茶の道では花器としても用います。遠い波斯国《はしこく》（ペルシア）の銀器を、唐国で陶磁器に移したものと聞いております」

「この文様は……象とは珍しい」

京焼に見るような白い化粧土の胸と脚のあたりに緑釉《りょくゆう》が施されている。腹のあたりに赤い精緻な筆致で描かれた写実的な象の姿が目を引いた。

「和蘭陀の書物から写した文様でございます」

「なんと。唐物陶器の写しではなく、弄山さんがお考えになった文様なのですね」

「はい、己が好みに合わせて自ままに文様を描き、好きなかたちに焼いております」

趣味で自分の好きな意匠で焼いているという弄山の言葉に文治郎は感じ入った。だからこそ、このような自在で闊達な雅趣に満ちた陶器が作れるのであろう。

「驚きますな。わたしは、このような焼き物をほかで見たことはありません」

素直な文治郎の賛辞であった。

「わたくしはもともと伊勢国桑名の廻船問屋に生まれましたが、幼い頃より茶碗などに好き心を持っておりましてな。表千家の六代覚々斎《かくかくさい》さまと七代如心斎《じょしんさい》さまに茶を学びました。茶の道では寸方庵と号しておりまする」

「ほう、天下一等の茶を学ばれたわけでござるな」

下野守も小さくうなった。

「ところが、自分でも茶碗を作ってみたくなり、初めは楽茶碗などをぽつりぽつり焼いておりましたが、そのうちに病膏肓《やまいこうこう》にいるというやつです。元文の頃に松平のお殿さまのお許しを頂戴して別邸のあった小向《おぶけ》に登り窯を築きましてな。土は小向の名谷山から取って本気で焼き抜く作陶を始めてしまいました」

桑名の奥平松平家は家康の外孫の松平忠明《ただあきら》を始祖とする名門で、現当主は松平下総《しもうさ》守忠刻《のかみただとき》であった。

「なるほど楽茶碗とは違って、こういった陶器は高い熱を要するのですね」

「さようでございます。楽茶碗は千家にとって大切なものではございますが、やはりこうした手間の掛かる色絵を焼いてみたいという気持ちが高まって参りまして……」

「その色絵が将軍家のお眼鏡にかなったというわけだよ」

後ろの席から巨川が声を掛けてきた。

「恐れ入ります。先代さまの頃からずいぶんとお買い上げ頂きました。宝暦の世となってから、ご公儀からお招きを受けて小梅村に築窯致しまして、御数寄屋御用をつとめさせて頂いております」

弄山は謙虚に答えてかるく頭を下げた。

将軍家御用達とは聞いていたが、公儀が桑名から招聘《しょうへい》したとなると、当代将軍の家重にもよほど気に入られているのだろう。もっとも、世子の権大納言家治は書画の才に秀でていると聞く。家治が弄山の器を好んでいるのかもしれない。

卓上には盛盞瓶のほかにも、赤絵金彩の小鉢や小皿、井戸茶碗のような深さを持つ杯、料理をよそう散蓮華《ちりれんげ》などが人数分用意されていた。

このような人数ごとの食器配置自体も文治郎は初めて見るものだった。万事が異国風の支度に料理への期待も高まっていた。

文治郎はなんといっても新奇なものには目がないのである。

二人の女中が入ってきて、色絵の茶碗に入った煎茶と鶯《うぐいす》色の干菓子が出された。干菓子は挽いた豆を用いたもののようだった。

続いて出た唐茶には、薄黄色の花が入っていた。

「澄子《すめ》と申します。春蘭の酢漬けを入れてあります」

口の中にさわやかな香味がひろがる。

いよいよ大皿や大鉢に全員分が盛り付けられた料理が始まった。

麻腐《まふ》という紅いクコの実が彩りとなっている胡麻豆腐や、豆皮巻《とうぴゆうちゆあ》と呼ばれる巻いた生湯葉を茹でてナメコや細切りの昆布と和えた料理が一品ずつ器に盛られて出された。

前菜が出たあたりで、障子が閉じられた。すでに雪景も味わい尽くした頃合いで、文句を言う者はなかった。

二人の女中がそれぞれの卓に華やかな赤絵金彩絵皿を置いてゆく。

絵皿に四つ盛られた料理は鰻の蒲焼きにしか見えない。

「蒲焼きは身どもの大好物でござるよ」

内膳はさっさと手を伸ばした。

「精進なのに、蒲焼きを出してもよいのですか」

文治郎が驚くと、弄山は快活に笑った。

「ははは、萬福寺から始まった普茶料理ですので、生臭物は一切使っておりませぬ。出汁ですら、鰹節を避けて昆布や椎茸を用いております。これは中夜《ちよんい》と申します精進鰻です。蓮根、大和芋、ゴボウをすりおろして混ぜあわせ、海苔の上にのせて油で揚げ、さらに独特のタレをつけて照り焼きにしてあります」

「ううむ、これは弄山に騙されたわ」

内膳は失笑した。

「なんとも手間の掛かっている料理なのですね」

文治郎は期待を込めて箸を伸ばして自分の小皿に取り分けた。

さすがに味は鰻そのものとはいかないが、醬油と味醂《みりん》のタレが香ばしく偽物の鰻の身に染みこんで、絶妙の味わいである。さらに……。

「ゴボウの食感が鰻の小骨にそっくりです」

「はい、そのあたりがゴボウを使う狙いです」

弄山は機嫌よく答えた。

続けて出た雲片《うんぺん》という料理は見た目からも珍しいものだった。

「散蓮華でそちらの深鉢にお取り下さい。蓮根やゴボウ、椎茸、銀杏、松の実などを胡麻油で炒めて、吉野葛《よしのくず》でとろみをつけたものです」

弄山の言葉に従い、文治郎は卓に置かれた深鉢を手に取った。これも見事な赤絵で唐三彩で精緻な背景を描いたなかに鳳凰《ほうおう》が力強く舞っていた。

口の中にひろがる胡麻油の風味がよく、吉野葛のとろみ加減が絶妙で喉の奥につるりと滑り込む食感がたまらない。

「これは美味い。絶品でござるな」

下野守もしきりと舌鼓を打っている。

「本来は禅堂で使い残りの野菜の皮やヘタ、根などを無駄にせずに使うために考えられた料理でございます」

さらに筝羹《しゅんかん》という野菜の煮合わせ、油糍《ゆじ》と呼ばれる味付け野菜の天ぷらなど、いずれも大皿で供され、皆は次々に箸を伸ばして自分の小皿や小鉢に取っていった。

弄山から説明を加えられる料理の名は、漢学を学ぶ文治郎でも聞いたことのないものばかりだった。

文治郎は、新吉原の粋な食べ物にも慣れている。会席料理を作り上げた山谷堀《さんやぼり》の「八百善《やおぜん》」や、鯉《こい》料理で知られる木母寺《もくぼじ》の「植半《うえはん》」といった会亭にも行ったことがある。だが、いま食べている普茶料理は、会席料理や本膳料理とは見た目も味付けもまるで違った。

亀の卓では小松屋百亀が運ばれてくる料理についてほかの三人に教えていた。百亀は普茶料理を食べ付けているようである。

「ごめんくださいまし」

高く澄んだ若い女の声が次の間から響いた。

「おお、来た来た。さ、入ってくれ」

弄山の声にふすまが開いた。十六、七の娘が三人と二十歳前後の三味線《しゃみせん》を持った娘が一人入ってきて揃って頭を下げた。

四人とも華やかな振袖姿だった。左右に少し突き出た流行りの灯籠鬢《びん》の投げ島田髷《まげ》に結っている。誰もが愛くるしい顔立ちだった。きちんと化粧をしていることは言うまでもない。

文治郎が廓《くるわ》の外で踊り子の芸を見るのは初めてだった。踊り子には新吉原の廓内だけで働く者と、こうして会亭などに出張ってくる者がいた。後に廓芸者、町芸者と呼び分けられることになる。

四人は座敷の東側に並んで座った。

「お招きありがとうございます」

右端に座った三味線を手にした瞳の大きな年かさの娘があいさつすると、残り三人の娘も一礼した。

「おお、これはご趣向」

「華やいでいいねぇ」

客たちはいっせいにはしゃいだ声を上げた。

「今日のお席を言祝《ことほ》ぎまして、まずはおめでたい『老松《おいまつ》』を踊らせて頂きます」

二人の娘が立ち上がって、松を描いた金扇《きんせん》を手にした。

年かさの娘は、三味線のばちを手に取った。

明るくゆったりとした音曲が始まった。

隣に座る瓜実《うりざね》顔の娘が歌い始めた。


〽げに治まれる四方《よも》の国、げに治まれる四方の国、関の戸鎖《とさ》さで通わん

澄んでのびやかな実によい喉である。

かろやかな三味の絲《いと》に乗って、踊りが始まった。

腕と腰のやわらかい動きが文治郎の目を引いた。

二人ともなかなかの踊り上手ではあるが、あどけない顔をしている年下の娘のほうが立ち勝っているように感じられた。

鮮やかな扇さばきでありながら、ふわりと力が抜けた動きがとても雅やかである。新吉原の踊り子が演ずる『老松』を見慣れている文治郎だが、町の踊り子の芸も捨てたものではないと思った。

のどかな初春の日。北野天神を信仰する男が霊夢に導かれて筑紫の安楽寺を詣でた。そこに現れた老人は菅原道真公遺愛の梅と松の精であった。梅は若い美しさをたたえ、松は長寿を言祝ぎ御代の春を祝う。

『老松』は世阿弥が作った能の演目を常磐津節《ときわずぶし》に移したものである。松は常磐木《ときわぎ》で一年を通じて枯れることがないためにめでたいとされる。それればかりか、徳川将軍家の出身である松平氏にも縁があるので祝儀物としてこの上ない曲とされていた。

〽文殊《もんじゅ》の浄土、是《これ》ならん　揺るがぬ御世や細石《さざれいし》、巌《いわお》となりて苔のむす
松は幾千代常磐津の　尽きせぬ家こそめでたけれ　尽きせぬ家こそめでたけれ

限りなくめでたい歌い納めであった。

客席は大いに沸いた。

ふと見ると、斜め前に座っている内膳の顔色がよくない。唇が青くなり、長い顔が土気色に変わっている。悪酔いしたように見えた。

「内膳さま、どうかなさいましたか」

正面に座る弄山が眉を寄せて声を掛けた。

「いや……ちょっと脚が痺れただけだ。ちょっと厠《かわや》に行って参る」

内膳はよろよろと立ち上がった。

文治郎は危ういものを見るような気持ちで、戸口を出てゆく内膳の後ろ姿を見送った。

「続けては同じくおめでたい『雛鶴三番叟《ひなづるさんばそう》』をお届けします」

三味線を持つ娘の言葉が終わると、明るい絲に乗って演目は長唄に移った。

〽とうとうたらり、たらりら、たらりあがりららりどう
所千代まで翁草、菊の四季咲式三番、可愛らしさの姫小松

これまた能の『翁』に端を発する三番叟の舞いは五穀豊穣を言祝ぐとされている。明るくめでたい曲であった。

踊り子たちは続けて『もみぢ葉』や『相生《あいおい》獅子』などの長唄を披露した。

酒の酔いも手伝って座は大いに盛り上がった。

鈴木次郎兵衛などは扇を開いて、自分の席で三味線に合わせて舞い踊っている。

ところが、いつまで経っても内膳が帰ってこない。

文治郎がおかしいなと思っているところに戸口でけたたましい足音が響いた。

「た、大変でございます。お武家さまが。お武家さまが……」

次の間から駆け込んできたのは、先ほど配膳をしていた鳳来屋の女中だった。

歌声が止み、三味線の音が途絶えた。

踊り子たちは凍ったように動きを止めた。

離れにいる全員が女中を注視する気配が漂った。

「なにごとだ」

下野守がいち早く立ち上がって訊いた。

「お武家さまが厠で……」

女中は外の方向を指さした。

「厠だなっ」

下野守は戸口を目指して足早に進み始めた。

文治郎は下野守の後を追った。玄白が後に従《つ》いて来た。

「こちらでございます」

離れから外へ出ると、女中がよろめきながらも先に立って歩き始めた。

3

厠は母屋と離れの間で五段ほどの石段を下がった低い場所に作られていた。鳳来屋は一流の会亭だけあって、厠小屋も竹藪で覆い隠されている。見た目の上からも臭気を避ける上でも客室から離されているというわけだった。

一坪程度の厠小屋は、文治郎が住んでいる長屋の惣後架《そうこうか》（共同便所）の倍ほどはあり、造りもはるかに立派であった。

すでに家士風の武家奉公人が数名と、店の若い衆が二人、厠を囲んで騒いでいた。うっすら積もった雪の上には無数の足跡が乱れて残っている。

「ああ、わたしは医者だ。通してくれ」

玄白の言葉に人垣が割れた。

目隠しの塀の中へ玄白は入ってゆく。

文治郎も続けて厠の戸口まで進んだ。大と小、それぞれ二つずつの小部屋を持っている厠で四枚の板戸が設けられている。

そのうち大用と思しき左端の厠の戸が開かれていた。

中を一目見て文治郎は息を呑んだ。

内膳がうずくまった姿勢で首を垂れている。

身体がぴくりとも動かず、うなり声も聞こえない。一目で尋常なるざる気配が感じられた。

内膳の手首や首筋に手を触れて、玄白は脈をとった。

「だめです。脈がありませぬ……お亡くなりになっている」

玄白は暗い顔で首を振った。

「なんと……」

文治郎の声は乾いた。

「多田先生、これは容易ならざる事態です」

振り返った玄白の顔は引きつっていた。

「なにゆえですか」

「これをご覧下さい」

玄白は内膳の右の首筋を指さした。

「こ、これは……」

文治郎には内膳の死因が瞬時にわかった。

内膳の右の首に火箸のような鉄串が突き刺さっていたのである。

背後の壁に打たれた金具に羽織が引っかかっている。

子細に眺めると、袴の紐がゆるんでいた。

腹を抱えて駆け込み、用を足すために袴を脱ごうとしているところを襲われたと見られる。

厠の中は二尺（六十センチ強）四方もないので、脱ぎ着するときにはとても窮屈なはずだ。自在に動けないところを小窓から刺したものに相違ない。

「出血は少ないですね」

「血を失ったために亡くなったものではなく、首筋の急所を突かれたために心ノ臓が止まってしまったものと思われます」

「毒飼いか」

下野守が背後から訊いた。

いきなり体調を崩した先刻の姿を見た下野守が毒殺を疑うのは当然の仕儀であろう。

下野守に遺骸を見せるために、文治郎は場所を譲った。

「いいえ、下野守さま、内膳さまを殺《あや》めたのは鉄串のようなものです」

「ううむ、用を足そうと気をとられているところを突き刺されたか」

下野守はうなり声を上げた。

「その窓から狙ったのでしょうな」

文治郎は小部屋の奥に穿《うが》たれた格子窓を指さした。明かり取りと臭気抜きのために設けられた一尺（約三十センチ）四方くらいの小窓であった。

小屋の外に出て逆側に回ってみると、厠小屋の裏もぐるっと竹藪が取り囲んでいる。

竹藪の下は崖になっていて、這い上がってくるのは難しそうである。とすれば、賊は庭からふつうに厠に近づいてきたと考えられる。

続けて文治郎は窓のあたりを子細に眺め回した。

石垣の上に建てられた厠小屋は高さ七尺程度だが、窓は高さ五尺程度の場所にあって、男であれば、よほど背の低い者でなければ手が届く。女子《おなご》どもにはいささか高過ぎるように思われた。

厠のあたりに人がいたとしても、不思議に思う者はいない。賊は客か供の者の振りをして厠に近づいて内膳を殺めた後、何食わぬ顔をして戻ったと見るほかはない。

そうだとすれば、女ということは考えにくい。客に女はいないし、女中に扮したとすれば、店の者に見つかればすぐに騒ぎになる。

踊り子は内膳が殺されたときには、全員があの場所にいた。武家奉公人の供の者に女がいるはずもない。

表に戻ってみると、すでに厠の戸は閉められ、下野守のまわりを十人以上の男たちが取り囲んでいた。

巨川も次郎兵衛もこわばった顔で立っている。

なかでも弄山は血の気を失って身体を震わせていた。

藍染めの綿小袖に袴をつけた二人の若い男たちも不安そうに立ち尽くしていた。

下野守はまわりを取り囲む男たちに向かって声を掛けた。

「内膳どのの……河原田家の家臣はいるか」

「わたくしたちですが……」

しわくちゃの袴をつけた四十年輩の男が若い男とともに名乗り出た。

「内膳どのは何者かの手によって生命を奪われた。この案件は身どもが預かる。身どもは公儀目付役の稲生下野だ」

家士は驚いたように下野守の顔を見た。

「わたくしどもは、どうすればよろしゅうございますか」

おろおろとした調子で家士は尋ねた。

「検屍が済むまでご遺骸はこの場所から動かすことはかなわぬ。いましばらく次の指示を待っておれ」

「あいわかり申しました」

家士が低頭して下がると、下野守は玄白に向き直った。

「杉田どの、役所に出す文書に死因などを書いて下さるな」

「もちろんです」

玄白は白い歯を見せて請け合った。

「下野どの、これは大変なことになりましたな」

大久保巨川があごに手をやって考え深そうに言った。

「旗本がかかる姿では……ただでは済みませぬ。下手をすれば改易でござるか」

「斬り合いならまだ格好がつきますが、これでは軽くて閉門といったところでござろう」

下野守も暗い声を出した。

将軍の身を守るべき天下の旗本ともあろう者がこんな場所で無様に首を刺されて殺められたとなると、武門の恥もいいところである。たしかに処分は免れぬであろう。

「なんということでございましょう。河原田さまがこのようなご不幸に遭われるとは」

弄山も首を振り振り、とても落ち着かないようすで立っている。

当然だろう。自分が主催した茶会で招いた客が殺されたのである。平気でいろというほうが無理な話である。

「多田どの」

下野守が文治郎の顔をまっすぐに見た。

「下野から頼みがござる」

「なんでございますか」

あらためて訊くまでもないが、文治郎はとぼけてみせた。

「この案件、目付に力を貸してくれぬか」

「はぁ……」

首を突っ込めばいろいろと厄介なことになる。しかし、急に腹を下したこととこの刺殺には関わりがあるに違いない。謎を含んだ一件であることは間違いがなかった。

「かかる奇っ怪な生害の謎を解くには、儒学、漢学ばかりかさまざまな学問に通じているそこもとの力がなくてはならぬ」

たしかに物好き（好奇心）が旺盛な文治郎は儒学や漢学のほかにもさまざまな書物を読んでいた。

「それは買い被りというものです」

「いや、そこもとは相州猿島の六人殺しをはじめ、奇怪な謎をものの見事に解いてくれたではないか」

「ほう、それは頼もしい」

巨川もかたわらで感嘆の声を上げた。

「こんなところへ居合わせたのもそこもとの運の悪さとあきらめてはくれまいか」

下野守は懸命の表情で頼み込んだ。

こんなところへ居合わせたのは、下野守に誘われたからなのだが、それを言っても始まらない。

「下野守さまのたってのご依頼とあってはお受けするよりほかになさそうですね」

「引き受けてくれるか」

「はい……ただ、わたくし一人では手に余ります」

「わかった。そこもとの助役に宮本を付けよう」

下野守は即座に答えた。

「それはありがたいです」

この一件を調べるとなれば、一人では荷が重い。気心の知れた甚五左衛門に手伝ってもらえれば大いに助かる。

「では、多田どの、頼んだぞ」

「承知しました。まずは凶器を見ましょうか」

文治郎はふたたび厠に入っていった。後から下野守が従いて来た。

「抜いてもかまいませんか」

「かまわぬ。刺さり具合は身どもが確かめた」

文治郎は力を込めて凶器を引き抜いた。

内膳の首筋から血は流れ出なかった。すでに固まり始めているのだろう。

「これは長火箸ですね……」

柄の部分を竹の皮で包んで紺色の麻糸でぐるぐるに巻いて止めてあり、柄の端には輪が付けられている。長さは一尺以上もあって火箸としては長いほうだった。

「水屋火箸とも申すな。茶道具だ」

茶道具ということに何か意味はあるのだろうか。

「この鳳来屋なら何組も置いてありそうですね……おや……」

文治郎の目は懐紙で拭った火箸の先端に釘付けになった。ふつうのものとは違って鋭利に研ぎ澄まされている。

「これだけ尖らせてあるということは、外から持ち込んだに違いありません」

「そうだな。これでは使うに危うい」

「この火箸は役所で保管して下さい」

「あいわかった。おい、佐々木。これを預かれ」

下野守は自分の家士と思しき若い男に呼びかけた。

「かしこまりました」

佐々木と呼ばれた男は丁寧な態度で、文治郎から火箸を受け取った。

「ところで弄山さん、本日、鳳来屋は貸し切りでしたね」

「さようでございます。ほかの酔客の騒がしさを避けようと思いましたので」

「では、この店にいた者は、我ら八人のほかには、踊り子と店の者、さらにはお供の方々ですね」

「仰せの通りです」

「まず、離れにいた我ら七人と踊り子の四人には、内膳さまを刺し殺すことは無理です。わたしは覚えておりますが、内膳さまが厠に向かってから女中が呼びに来るまでの間、我ら七人と踊り子たちは離れにいました。従って、この十一人には内膳さまを殺めることはできません」

「たしかにそうだな」

「とすれば、まずはお供の方が何人いて、あのときどこにいたのかを確かめる必要があります。お供の方はどこにいたのですか」

「佐々木、そのほうらはどこにおったのだ」

「はい、わたしたちは母屋でご馳走になっておりました。こちらの沼波さまのお振る舞いということでした」

「全員にですか」

文治郎は弄山に訊いた。

「ええ、お供の方にはご退屈と思いましたので、母屋の広間でお振る舞いを致しました。すべての方にちょっとしたお料理とお酒をつけました」

「ええと、それでは、お供の方全員に、母屋に集まって頂きたいです」

文治郎の言葉に、すぐに母屋の広間に供の者が集められた。

入ってみると、二十畳の広い部屋で大人数の宴席に使われる広間と思われた。

離れに比べると見劣りするが、じゅうぶんに立派な部屋であった。本来は旗本の家士などが上がれるような座敷ではない。貸し切りゆえの、供の者の役得というものであろう。

もっとも、庭先に供の者たちがうろうろしているよりは、ここに入っていてもらったほうが鳳来屋としても都合がよいに違いない。

広間には箱膳が出しっぱなしになっていた。騒ぎの中で片付けられなかったのは当然である。

部屋には十二人の男たちが強ばった顔で端座していた。なかには先ほど厠の前にいた河原田家の家士たちも交じっていた。

文治郎が尋ねてみると、三人は稲生下野守の家士、三人は大久保巨川の家士、三人は河原田内膳の家士、一人は小松屋百亀の小僧、残りの二人はやはり弄山の弟子という話だった。

文治郎はもちろんだが、鈴木次郎兵衛、杉田玄白の三人は供を連れてきていない。供を連れてこられるような身分でないということである。

「此度は微行《しのび》の体《てい》で、供の者はいちばん少ない数で参ったのだ」

下野守は言ったが、どんな場合にも一人で町を歩けぬ武士とは窮屈なものだと文治郎は思った。

「いいですか。よく思い出して下さい」

文治郎は供の者たちに呼びかけた。

「宴が始まってから、騒ぎが起きるまでの間、この部屋から出た方はいますか」

供の者たちは顔を見合わせた。

「あのう……よろしいでしょうか」

厠の前で弄山が連れていた弟子らしき男のうちの一人が声を出した。

「なんでしょうか」

三十前後の細長い輪郭を持つ男で、いかにも知恵がありそうな顔つきをしている。

「わたくしは弄山の弟子の柿沼館次郎と申しますが、半分くらいの方が一度は厠に行っていると思います」

館次郎の言葉にほかの者たちはいっせいにうなずいた。

「騒ぎが起きる前、最後に厠に行ったのはどなたですか」

すると、四十前後の誠実そうな男が名乗り出た。

「拙者です。稲生下野守さまの若党で崎田と申します。わたしが厠に行きますと、河原田さまが倒れておいででしたので、大あわてで店の者に知らせてここにいる皆さんにもお知らせしました」

少なくとも、下野守の家来が内膳を殺めたとは考えにくい。

「内膳さまが襲われたときの悲鳴などは聞こえませんでしたか」

「いえ、まったく。あるいは離れの音曲に紛れて聞こえなかったのかもしれません」

崎田は首を傾げた。

「どなたか内膳さまの叫び声や悲鳴を聞いた方はいませんか」

この問いにも答えはなかった。あるいは内膳は一撃で斃《たお》されて悲鳴を上げるゆとりもなかったのかもしれない。

「わかりました。では、崎田さんの前に厠に行った方は」

答えは返ってこなかった。たしかに、飲んでいる席でそんなことを詳しく覚えている者はいないだろう。

「では、問いを変えます。よく思い出して下さい。用を足しているとは思われぬほど長い間、この広間を離れていた方はいませんでしたか」

一同はふたたびまわりの者と顔を見合わせていた。

「いえ、そのような人はいませんでした」

崎田と名乗った稲生家の若党がきっぱりと言い切った。

「大久保家の若党、諸井と申します。そんなに長い間、ここを離れていたら、さすがに気づきます。たしかにそんな者は一人もおりませんでした」

諸田という三十前後の男も断言した。大久保家の家来も賊とは考えにくいだろう。とすれば、ひそかにこの広間を抜け出して、厠近くの竹藪に潜んで内膳を待ち伏せして殺め、涼しい顔でここへ戻ってくるという手を使った者はいないということになる。

やはりこの部屋にいた供の者を疑うことはできないようだ。内膳が体調を崩したのはいきなりのことだった。従って、厠に行ったのも突然だった。厠近くで待ち伏せをしない限り、内膳を襲うことなど無理な話であった。

文治郎は問いの趣旨を変えた。

「この部屋の前を誰かが通り過ぎたというようなことはありませんでしたか」

ほとんどの者が首を横に振り、諸井が代表して答えた。

「障子が閉まっておりましたから、はっきりとはわかりません。ただ、足音などは聞こえませんでした」

これは愚問だったかもしれない。文治郎は問いを重ねた。

「ほかに何か怪しいことはありませんでしたか。些細なことであっても気づいたことがあれば教えて下さい」

「あちらの崎田さんが駆け込んでくるまで、みんな話に興じていましたから、まさか内膳さまがあんなお姿になられているなどとは……」

館次郎と同じような格好をした二十代前半の弄山の弟子が答えた。

ほかの者もいちようにうなずいた。

「あ、わたくしは弄山の弟子の沢本浩一郎です」

卵形の顔を持つ沢本浩一郎は目鼻立ちが整って役者にでもしたいようないい男だった。

「それでは、内膳さまのご家来衆へ伺いたいのですが、内膳さまが此度のような災難に遭われたことについて、何か心当たりなどはございませんか」

「河原田家の若党、戸川と申しますが、別してそのようなことはありませぬ」

厠の前で下野守と話していた四十年輩の男が答えた。

仮に心当たりがあってもこの場で答えられるはずはないかもしれない。

「では、今日の内膳さまにとくに変わったようすはございましたか」

「いえ、ただ、我が主《あるじ》は本日の会を楽しみにしておりました。普茶料理は初めてとの仰せで……」

戸川は声を低く落とした。

「まことにお気の毒なことです」

訊くべきことはすべて問いただした。そう文治郎は感じていたが、これといった収穫はなかった。

「下野守さまからは何かございますか」

「いや、すべて多田どのがお尋ね下さった」

下野守はかるく首を横に振った。

「皆さまありがとうございました。お引き取り頂いて結構です」

文治郎が頭を下げると、供の者たちもいっせいに頭を下げた。

「河原田家の者の一名は屋敷に戻り、内方《うちかた》と用人に本日の顚末を告げよ。亡骸《なきがら》は町方も検視するゆえ、しばし鳳来屋に留めおくことになる。残りの者は亡骸をお守りしておれ」

戸川をはじめ河原田家の家来たちは沈痛な面持ちでうなずいた。

4

訪客と供の者はそれぞれ帰途に就いた。普茶料理は途中だったが、もはや宴を続けるような気分は消し飛んでいた。

踊り子たちも悄然としたようすで帰っていった。帰りしなに文治郎は、三味線を弾いていたお妙という年かさの娘をつかまえて、後日、話を聞かせてほしいと頼んだ。

河原田家の家士たちは厠に向かい、下野守の家士たちは外へ出て控えた。広間には文治郎と下野守、玄白だけが残った。

「杉田さんに伺いたいのですが、いきなり吐き気や下痢を起こさせるような毒はありますか」

内膳の突然の体調の変化は偶然とは思えなかった。

玄白ははっとした顔になった。

「あります。草木の毒は心ノ臓や呼吸を止めるものが多いのですが、ヒガンバナやアセビ、サワギキョウなどの毒は吐き気や下痢を引き起こします」

外科が本業とはいえ、すぐれた蘭方医だけあって玄白は毒物にも詳しかった。

「それらの毒は人を死に至らしめますか」

「量によっては死にますね。とくにサワギキョウは危ない」

「少量ならどうですか」

「死ぬことはないでしょう。吐き気や下痢、全身の痙攣などを引き起こすに留まります」

「サワギキョウは見たことがありませんが、ヒガンバナやアセビなどはそのあたりでいくらでも見かけますね」

「サワギキョウも湿地などで珍しくなく見られる草ですよ。ヒガンバナほど目立たないし、アセビのように庭木などにしないだけです」

「それらの毒を今日の料理や酒などに仕込むことはできませんか」

「たとえばヒガンバナは根、アセビは葉の部分の毒が強いです。葉を刻み、根をすりおろした後で煎じ詰めたものを混ぜれば難しいことではないでしょう。また、サワギキョウは全体に毒がありますが、とくに水に溶けやすいので仕込みやすいとはいえますね」

玄白の言葉に文治郎の鼓動は速まった。

「されど、ほかの者はなんともない。もし、料理に毒が入っていたとしたら、我々も毒に中《あた》っているはずではないか」

下野守が差し挟んだ異論には、文治郎も気づいていた。

「そこが謎です。ですが、内膳どのが急に腹痛を訴えて厠へ走り、そこで刺殺されたのは偶然とは考えられない。一連のことは仕組まれたとしか思えないのです」

文治郎の言葉に、ほかの二人はうなずいた。

「たしかに、それまで顔色もよく元気で飲み食いされていたのに、突然、真っ青になって脂汗をかき始めて……これはまず、毒の作用を疑うべきです」

玄白はそのときのようすを思い出すように言った。

「しかし、箱膳で供されるふつうの料理とは異なり、今日の普茶料理は大皿や大鉢から取り分けました。一人一人出されたのは干菓子と澄子という唐茶だけでした。この二つは女中が置いていったので、毒入りのものを内膳どのに出すことはできます」

「その場合は女中が賊の一味ということになるな……」

下野守はあごに手をやって考え込んだ。

だが、自分で口にしていながら、この考えには難点があることに文治郎は気づいていた。

「干菓子と唐茶は宴の初めに出てきました。それから内膳どのの調子がおかしくなるまで、ゆうに半刻《はんとき》（約一時間）以上はありました。杉田さん、たとえばサワギキョウの毒が効き目を現すのにそんなに時を要しますか」

玄白ははっきりと首を横に振った。

「毒がほんの微量であればそういうこともあるでしょう。でも、あのときの内膳さまの吐き気や腹痛が本当に毒によるものだとすれば、それはおかしいですね」

「もっと早く効くということですね」

文治郎が畳みかけると、玄白はつよくあごを引いた。

「はい、あんなに急激に具合が悪くなるとしたら、ある程度の量の毒を口にしたと思って差し支えないでしょう」

「とすれば、毒は会食中に盛られたということになりますね」

「そんな馬鹿な……」

下野守は絶句した。

「内膳どのの隣にいたのは身どもだ。多田どのは身どもを疑っているのか」

さすがに下野守の声は尖っていた。

「ははは、そんなことは考えていません」

文治郎は毒の混入時期についての考えを言葉にしていただけだった。下野守を疑うのは馬鹿げている。

「内膳どのの正面は沼波弄山どのだった。では、弄山どのが毒を盛ったというのか」

下野守は驚きの顔で文治郎を見た。

「わたしは弄山さんの隣にいましたが、そんな素振りは見られませんでした。さらにもうひとつ、弄山さんがわざわざあの会食の場を設けて毒を入れるなどという手段を選ぶのは考えにくいです」

文治郎の言葉に下野守は大きくうなずいた。

「たしかに、弄山どのと内膳どのは既知の仲であるし、身どものような立場の者や巨川どののような旗本、玄白先生のような医師を招いて毒飼いに及ぶというのはあまりにもおかしいな。もし、弄山どのが内膳どのを殺めたいのであれば、もっと別のかたちをとるであろう」

「仰せの通りです。大枚をはたいてたくさんの手間を掛け、自分が疑われる場を設けるとは考えられません」

「さらに弄山どのは将軍家の覚えめでたい陶物師だ。そう容易《たやす》く人を殺めるような軽挙に出ることはなかろう」

「わたしには弄山さんが此度の一件を企図したとはどうしても思えないのです。それにしても、いったい毒はいつ食事に混ぜられたのでしょう……あっ」

文治郎は肝心なことに気づいた。

「毒を前もって食器に塗っておいたらどうなるでしょう」

「そうか。料理が盛られたときに、その水気で溶け出す……」

玄白は喉の奥でうめいた。

「雲片という料理がありましたね」

文治郎は大鉢に盛られた色鮮やかな料理を思い出していた。

「ああ、野菜を胡麻油で炒めて、吉野葛でとろみをつけた料理だったな。あれは美味かったが……汁気が多い上に、味も濃く胡麻油の香りで匂いもごまかせる」

下野守は膝を打った。

「雲片を散蓮華で取り分けた後、取り鉢の中で溶け出した毒が身体に入ったとすれば、たしかに踊り子たちの歌舞の頃に症状が出てもおかしくはありませんね」

玄白ははっきりと請け合った。

「杉田さん、たとえばサワギキョウを煎じ詰めた毒を前もってあのときの取り鉢に塗っておいたらどうなるでしょうか」

「サワギキョウの毒は強いですが、それでも急激な腹痛や下痢を起こさせるとしたら、猪口に半分くらいの量は必要でしょう。これを食器に塗ってしばらくすると、水分が乾いて食器の底には塩のようなものが残ります」

「どんな色ですか」

「白くて見た目はまさに塩ですね。半刻から一刻もあれば水分は飛ぶのではないでしようか」

「目立つものですか」

「さぁ……ただ、量としてはうっすらと残る程度だと思います」

「雲片を取り分けた取り鉢は深いものだったし、鳳凰を描いた細かい絵柄でしたね。あれなら、多少の塩が底に残っていても気づかないおそれはじゅうぶんにありますよ」

文治郎は毒の混入が取り鉢によるものであると確信した。

「そうだな。とくに内膳どのは窓辺の席を取って不忍池の雪景に見入っていたし、その後は酒も入って誰もが踊り子たちの歌舞に熱中していた。宴席の間いつ毒を入れられたとしても、気づかなくて不思議はない」

下野守も賛意を示した。

「深鉢は前もって卓上に置いてあったでしょうから、たとえば茶会のときなら、何者かがこっそり離れに忍び込んで毒を塗っておくことは難しくないのではないかと思います。ただ……」

あらたな問題を感じつつ、文治郎は言葉を継いだ。

「ただ、ここでもうひとつの謎があります。いままでの考え通りに賊が雲片を取り分ける深鉢に前もって毒を塗っておいたとします。だとすれば、どうして毒入りの深鉢が置かれた席に内膳さまが座るとわかっていたかということです」

二人はいっせいに文治郎の顔を見た。

「たしかにあの席に着いたのは、内膳どの自らが決めたことだった」

下野守は鼻から息を吐いた。

「そうでしたねぇ。弄山さんが無礼講でかまわぬかと三人のお旗本にお許しを頂いてから、内膳さまはすぐにご自分で席をお決めになったのですからね」

玄白も首を傾げた。

しばらく考えていた文治郎の胸にはっと思い当たったことがあった。

「もしかすると……賊は内膳さまがいち早くあの席に座ることを予期していたのかもしれない」

「どういうことだ」

「あのときも無礼講と決まるや、内膳さまはすぐに上座でいちばん眺めのよい席を取りました。ご身分や禄高が上回る下野守さまや大久保さまを差し置いてです。よく言えば稚気《ちき》にあふれた、悪く言えばわがまま勝手な振る舞いです。そんな自分勝手な内膳さまのお人柄を賊はよく知っていたのではないでしょうか」

「されど、そうは申しても、必ずあの席に座ると決まったものではないぞ」

「賊はほかの方があの席に座ってもかまわないと考えていたのです」

「意味がわからぬ」

「つまり、内膳さまが座る公算が高いのでもくろみ通りにゆけば厠で刺し殺す。もし、ほかの方が座った場合には毒に中って腹痛は起きるだろうが、死ぬことはない」

「そうか、そういう計略か」

下野守には一瞬で文治郎の考えが伝わった。

「だから、毒も人死にが出るほどの量を入れなかったのですよ」

「なるほど、毒で殺すのであれば、死に至る量を入れればよいわけだからな。したが、それでは狙った内膳ではない相手を殺してしまう」

「そうです。微量であれば、毒を盛った相手を殺すことはない。杉田さん、たとえば、いちばん強いサワギキョウの毒に中ったとして、あの症状は生命を落とすほどの量だと思われますか」

玄白は即答した。

「そうですね。内膳さまが離れを出た後の症状を見ていませんので、はっきりしたことは申せませんが、死に至るほどの毒を盛られたとは思えませんね。もし、それほどの量であれば、全身に痙攣が起き、よだれを垂らし始めるでしょう。さらに歩行や呼吸に支障を来す。厠まで行き着くこともできなかったでしょう」

「もっと強く、口にしただけで生命を断たれる毒も多いのでしょうね」

「ええ、もちろんです。たとえばふぐの毒などはよく知られていますが、草木でも附《ぶ》子《し》（トリカブト）や、ドクウツギ、キョウチクトウ、フジモドキ、あるいはキノコの類いにははるかに強い毒を持つものがたくさんあります」

「とすれば、賊はあえてそこまで強くない毒を選んだと考えられますね」

「お言葉の通りだと思います」

玄白は深くうなずいた。

「どうやら、多田どのの考えは正しいようだな。とすれば、今日の客はみな、賊とは関わりがないことになる。身どももそうだが大久保どのも弄山どのとは親しいが、内膳どのとは初対面だった。たしか、弄山どののあいさつでは我々二人を除き、全員が初対面同士という話であったな」

「そう言ってましたね。内膳さまの人柄をよく知り、今日の会食の次第にも通じていた者が賊であることは間違いないでしょう。少なくとも、普茶料理の作法を知らねば、此度の計略を練ることはできません。わたしなど箱膳でない料理に目を白黒させるばかりでしたからね」

　文治郎は苦笑した。

「身どもも初めてで目を白黒させていた一人だ。ただ、鳳来屋ではかねてより普茶料理を出しているし、京の萬福寺では普茶料理を出す塔頭がいくつもあると聞いている。作法を知る者も少なくはあるまい」

　下野守の言葉は間違ってはいない。ただ、高価であり風雅な普茶料理を知る者は限られる。たとえば貧乏な武家や商家の奉公人、職人などには縁のない料理であることは間違いない。

「さて、下野守さま、続けて店の者にもちょっと話を聞いておきたいですね」

「わかった。ここへ呼ぼう」

　下野守の家士が店の者を呼び集めてくれた。

　四十年輩の主人は好人物だった。自分の店で人殺しがあったことで掛かる迷惑について苦情のひとつも言わず、ただ、内膳の不幸を気の毒がっていた。

番頭が一人と庖丁人三人が男であったが、いずれも仕事が忙しく、騒ぎの起きた頃には母屋を出ていないようすだった。

三十前後のこぎれいな女将《おかみ》と、五人の女中の中にも特段に怪しい者はいないと思われた。

くだんの深鉢はたしかに会食一刻前には卓上に置いてあったものだった。この点では文治郎の考えは裏付けられた。

「下野守さま、今日の調べはこれまでにしたいと思います。尋ねるべきことは尋ねました」

文治郎の言葉に下野守は少し身を乗り出して訊いた。

「して、賊の見当はいかがでござるか」

「いや、考えたことはすべてお話し申しました。ひとつは厠での刺殺。賓客は惨劇のあったときには離れに揃っておりました。つまり、離れにいた者で凶行に及べる者はいません。また、この広間にいたお供の方たちのなかに、厠で待ち伏せできた者はいなかった。つまり賊は外から入ってきた公算が大きいということです。つけ加えますと、厠の小窓の位置からして、内膳どのを刺殺した者は、おそらくは男であると思われます」

「なるほどある程度上背のある者ということだな。したが、供の者をはじめ鳳来屋のなかに怪しい者は見つからなかったというわけであるな」

下野守は肩を落とした。

「いまひとつは離れでの毒飼いの件です。内膳さまと面識があってその人柄に詳しい者であって、かつ普茶料理の作法に詳しい者です。あるいは、本日の会食の次第を知っていたかもしれません。毒あるいは草木のことに詳しい者とも思えます」

下野守と玄白は同時にうなずいた。

「毒飼いと刺殺。この二つに関わりがないと考えることはできません。二つは必ず結びついています」

「その通りだな。二つの凶行がたまたま重なるはずはない。同じ賊の仕業と考えるほかはない」

「賓客は内膳さまとは初対面でした。となると、弄山さんの周辺《まわり》を調べる必要があります。今日、ここへ来ていない者もいたでしょうから」

「うむ、思うさま調べてほしい」

「ついては、明日から甚五左衛門をお貸し下さいませんか」

「心得た。後ほど、家の者を宮本の屋敷に遣わし、明朝、多田どののお宅に向かうように手配する」

下野守は頼もしい口調で言った。

「ありがとう存じます。いざ、調べとなると、一介の素浪人であるわたしでは押しが利きませんので……」

文治郎は頭を掻いた。

陽差しはうららかだったが、文治郎の心には薄灰色の雲がたなびいていた。

第二章　迷

1

翌日、文治郎は甚五左衛門とともに、下谷《したや》練塀小路《ねりべいこうじ》にある河原田内膳の屋敷を訪ねていた。

すでに検屍は終わって内膳の遺骸は下げ渡されていた。が、処分も決まらず、葬儀をあげることもできない屋敷は死んだように静まりかえっていた。

表門で目付方としての来訪を告げると、昨日、鳳来屋に来ていた戸川という若党が出てきた。

「お役目ご苦労さまでございます。奥へお通り下さい」

無表情にかたち通りのあいさつをすると、戸川は先に立って歩き始めた。表門をくぐると、気のせいなのだが、屋敷内がひんやりとしている気がした。

文治郎たちは八畳の書院に通された。

床の間に飾られた水指が文治郎の目を引いた。

白化粧土の上に藍で獅子を描いたすっきりとした水指だが、そこに描かれている獅子を見て驚いた。弄山の作に相違ない。

しばらくすると、白い麻裃の喪服を身につけた二十歳前と思しき若い武士が現れた。

「内膳の一子、尚之助《ひさのすけ》と申します」

あごの尖った輪郭は内膳に似ているが、尚之助はずっとおとなしい顔つきだった。顔色が悪いのは生まれつきか、それとも此度の事態のせいなのだろうか。

「お二方にはわざわざのご来駕、かたじけなく存じます」

文治郎たちが名乗ると、尚之助は丁重に畳に手を突いた。

「このたびはご愁傷に存じます」

「ご遺骸に線香をあげさせて頂きたいのだが」

甚五左衛門の申し出に、尚之助は困ったような顔つきで首を横に振った。

「まだ、ご公儀のご処分も定まっておりませぬ。ご厚志はありがたいのですが、弔問をお受けしてよいのかわかりませぬ」

武士が不名誉な死を遂げることの厳しさを文治郎はあらためて感じた。

「調べのことですので、お気にされないで頂きたいのですが、内膳さまを恨んでいたような人物に心当たりはありませんか」

文治郎はいきなり切り込んだ。

「ないとお答え致します」

尚之助は即座に答えた。

「しかし、此度のことは誰かの恨みを買っているためとしか思えません」

「いや、我が父ながらこんなことを申すのは何なのですが、父は圭角《かど》が多く、倨傲《きょごう》なさまが目立つところがありました。どこでどなたさまから恨みを買っていてもおかしくはありませぬ」

なるほど、この尚之助という男は頭は悪くない。

「ほう……敵は多かったと仰せか」

「はい、しかも、一年ほど前に三百石のご加増を受けて二丸留守居へと昇進致しました。とくに功がないのになにゆえの出世と、ご同輩はおろか親戚筋まで陰口を叩いております」

尚之助は淡々とした顔で答えた。

「功がないとあれば、なにゆえのご昇進とお考えですか」

「さて、上様の御心は、拙者のごとき者には拝察致しかねます」

型通りの答えだが、嘘をついているようには見えなかった。少なくとも、内膳に昇進するだけのたしかな理由は見当たらないらしい。

「それでも目立つ敵はありませんでしたか」

「さぁ……これといって思い浮かぶ名前はありませぬ」

顔つきを見るに、これも正直な答えと思われた。

「お父上は二丸留守居にご昇進なさる前はどんな御役にお就きだったのですか」

「はい、長年、富士見宝蔵番頭《ふじみほうぞうばんがしら》をつとめておりました」

「ほう、千代田のお城の富士見櫓《やぐら》にある御宝蔵を守る頭ですね」

宿直もあるが、退屈で地味な職種には違いない。

「はい、四人で交替の御役でした」

「ところで、小梅で築窯されている沼波弄山という御仁をご存じですか」

文治郎が話題を弄山に変えると、尚之助は少し穏やかな顔つきに変わった。

「はい、将軍家御用達の陶物師の方ですね。父とは懇意にしていたようでございます。暇を見つけては時々、小梅村まで出かけておりましたので」

少なくとも、この家では内膳と弄山とは良好な間柄と捉えられていたようだ。

文治郎は床の間の水指について、尚之助に尋ねることにした。

「あれは沼波弄山さんの御作ですね」

「ええ……父が弄山どのから譲って頂いたようです」

「ちょっと見せて頂いてよろしいですか」

「どうぞご遠慮なく」

文治郎は軽く頭を下げると、床の間に歩み寄った。

見事な筆さばきである。いままで見たどんな獅子ともかたちも迫力も違う。

もうひとつ目を引いたのは側面の天と地に藍で描かれ、一種の模様となっている和蘭陀語の文字列であった。LEEUWEN（ライオン）などという文字が見える。

このライオンの水指は原画が残っており、スコットランドを出自とするポーランドの博物学者ヨハネス・ヨンストンの「鳥獣虫魚図譜」より採っていることが分かっている。

図譜は、平賀源内が所有していた貴重なもので、源内と弄山の交流があったことを示している。

「ありがとうございます。まことに眼福のきわみでした」

礼を言って文治郎は席に戻った。

尚之助はさして関心がなさそうな顔つきであごを引いた。

「お父上から弄山どののことを何か聞いていますか」

「ご本人に伝えないで頂きたいのですが」

尚之助は眉をひそめた。

「無論のことです」

「父はこう申しておりました『あれこそ、総領の甚六だ。おぬしも気をつけろよ』と」

笑いは感じられず、どこまでも真面目な顔つきだった。

総領は長子などの跡継ぎ息子を指し、甚六とは甚だしいろくでなしを意味する。長子は総じて甘やかされて育つので、苦労知らずで世間知らずだというような意味合いである。

「なるほど……ずいぶんと手厳しいですね」

少なくとも内膳にとって弄山は敬意を持つ相手ではなかったようだ。

その後も文治郎は尚之助に対していくつかの問いを発したが、これといって得られるものはなかった。ただ、内膳が敵の多い男であったことだけははっきりした。

「意外としっかりした息子だったではないか」

藤堂和泉守《とうどういずみのかみ》上屋敷の堀割まで来たあたりで、甚五左衛門が口を開いた。

「死んだ内膳さまよりはだいぶ人柄がよいように思えたね」

「しかし、内膳という男は実の息子からも敬愛されていなかったようだ」

「ああ、やはり殺されるだけのわけはあったらしい。したが、そのほかに収穫はなかった」

文治郎は小さく嘆息した。

「調べだから詮方ないが、朝から不幸のあった家を訪ねて、辛気くさい顔に出逢うと気が滅入るな」

甚五左衛門は憂鬱そうに答えた。

気分を変えるように、甚五左衛門は明るい表情に変わって言葉を続けた。

「そうそう。この前、文治郎に相談した一件だがな、おぬしの申すとおりにしてみた」

「捨蔵を褒めてやったか」

「ああ、もともとあ奴は働き者だ。褒めようと思えばいくらでも褒めるところはある。草むしりひとつとっても、拭き掃除でも実にきれいにやる」

「そうだろう。真面目な男らしいからな」

「初めは怪訝な顔をしていたが、たびたび褒めていたら、すっかり機嫌を直した」

「そりゃよかった」

「無駄なく仕事をこなすコツを与助に教えてやれと言ったら、熱心に教えるようになった。おぬしのおかげだ。家の中がうまく収まり始めたよ。さすがは文治郎だな」

「宮本家は滅ばずにすみそうだな」

文治郎は甚五左衛門の肩を叩いた。

「また、それか……とにかく礼を申す」

甚五左衛門は律儀に頭を下げた。


その後、文治郎と甚五左衛門は昨日の賓客のところを訪ねて廻った。

神田白壁町に鈴木次郎兵衛を訪ねると、京で絵を学んだ次郎兵衛は弄山の筆のすぐれていることを絶賛した。

弄山は若い頃から尾形乾山《おがたけんざん》の作風に憧れてその薫陶を受けた。乾山の真似から始まった弄山は、師とは異なった新たな美を創り出した。そんな話を熱を込めて次郎兵衛は語った。

元飯田町の小松屋百亀の店では、とにかく弄山の作品が高価であること、なかでも茶陶の値段は茶碗でも水指でも茶入れでも、ひとつで百両を下るものはないということを聞いた。また、和蘭陀文字の入ったものは好事家の間でとくに好まれていて大変に稀少な値打ちがあることを知った。

文治郎は、先ほど河原田家の屋敷で見た藍絵獅子文水指のことを思い浮かべた。あの水指は、あるいは数百両にも及ぶ代物なのではないだろうか。もしかすると、尚之助はその値打ちを知らないのかもしれない。

牛込逢坂上の屋敷に訪ねた大久保巨川は、内膳についての旗本内での評判を知っていた。

「死者に鞭打つようで気が引けるが、河原田内膳という男はあまり評判がよくなかったな。仕事ができるわけでもないのに、どういうわけか妙な出世をした。人柄も狷介《けんかい》で仲よくつきあう者も少なかったらしい」

そう言って巨川は顔をしかめた。

三人とも内膳とは鳳来屋で初めて会っただけで、これといった話を聞き出すことはできなかった。

大きな収穫もないまま、江戸中を歩き回った疲れだけが文治郎と甚五左衛門に残った。家路を辿る二人の足取りは重かった。

2

翌日、文治郎と甚五左衛門は、小梅村にある弄山の家を訪ねることにした。

小梅村は人家も少ない閑静な土地柄であるが、たとえば浅草の雷門からは半里ほどの道のりである。柳橋の文治郎の家からも一里はなかった。

幸いにもよく晴れて、春らしい陽差しのあたたかい日となった。

吾妻橋《あずま》で大川を渡って江東へ入り、中之郷瓦町を東へ進む。名前の通り、瓦焼き場の多い場所で薄灰色の煙が空へと立ち上っている。だが、弄山の屋敷はこの界隈ではない。さらに業平橋《なりひら》で源森川《げんもり》（横川）を渡って四ツ木通用水（曳舟川《ひきふね》）を北へ上る。

この水路は本所や向島に町作りをする際に、暮らしに必要な水を元荒川から引くために拓いたもので、まっすぐな川筋となっている。

小梅堤と呼ばれる両岸の堤防は水戸街道の脇道ともなっているために人通りも少なくはなく、喉の渇きを癒やす腰掛け茶屋なども並んでいた。

左手の対岸に続く小梅村の町家からも瓦焼きの煙が空へと上っているのが見える。人家が少ない土地柄だけに今戸や橋場と並んで、焼き物窯の多い土地柄である。

「わざわざ小梅くんだりまで弄山とやらを訪ねる意味はあるのか」

今日の甚五左衛門は愚痴っぽい。激務続きで疲れがたまっているところに、今回の一件に担ぎ出されたことが不服らしい。

甚五左衛門に、文治郎がいま抱いている賊についての考えは話していなかった。

「まぁ、そう文句を申すな。なかなかよい景色ではないか」

文治郎の目の前にひろびろとした枯れ田がひろがった。点在する茅葺き屋根の民家から咲き初《ぞ》めの白梅がちらほら見える。請地村の百姓地の向こうに火除けの神様、秋葉大権現社の青銅葺屋根が見えてのどかな景色である。

小梅村に限らず、大川の東は平坦な土地ばかりで、大雨のときはひどく水をかぶる。それゆえ、このあたりでは少しでも小高いところを選んで家を建てるよりほかなく、低い場所はすべて田畑となっていた。

「文治郎はのんきでいいな……お、あの家ではないか」

甚五左衛門は右手の前方を指さした。

樟《くすのき》の深い緑が目立つ屋敷森を背にした灰色の瓦屋根が望める。その向こうには請地村の正円寺や円通寺らしき屋根が見えている。

「小梅堤の東岸で小梅村の北端と聞いていたのであれだろうな」

まわりには寺社のほかに瓦屋根はひとつも見えない。

文治郎たちは足早に敷地の屋敷森に近づいていった。石垣の上に板壁と漆喰《しっくい》壁を積み重ねた塀に屋根と同じ瓦が載せられて家を囲んでいる。ところどころから顔を覗かせている群竹《むらたけ》がどこか雅やかさを感じさせる。

ふつうの商人が建てることの許されない長屋門が見えているからには、弄山の家に間違いない。さすがは将軍家御用達の陶物師の家だけあって、広壮で瀟洒《しょうしゃ》な構えの住居であった。

表門に近づいてゆくと、藍染めの小袖に袴姿の男が飛び出してきた。

「これは多田先生。ようこそのお越しで」

さわやかな笑顔で頭を下げたのは、鳳来屋で会った沢本浩一郎だった。竹箒《たけぼうき》を手にしているところを見ると、庭掃きでもしていたのだろう。

「おはようございます。沢本さん、今日はちょっとお話を伺いに参りました。こちらは……」

「徒目付の宮本甚五左衛門でござる」

背筋を伸ばして甚五左衛門が名乗ると、浩一郎は低頭した。

「ご苦労さまでございます。多田先生にはいろいろとご迷惑をお掛けしました……」

「いやいや、あなたのほうも大変でしたね」

文治郎はお愛想を口にした。

「それで、なにかわかったことがございますか」

浩一郎は興味津々という顔で訊いてきた。

「いや、いまのところは皆目見当がつきませぬ」

文治郎は正直にあっさりと答えた。

「やはり当家にも一昨日の件のお調べにお見えなのですね……」

浩一郎は不安そうな顔で訊いた。

「ご心配なく。ご当家に疑いがあるわけではないのです。弄山さんにいくつか伺いたいことがあって罷《まか》り越しました」

「さようですか。おりよく弄山も在宅しております。いま、ご案内致します」

にこやかな表情に戻った浩一郎は、先に立って元気に歩き始めた。

翡翠《ひすい》色の水をたたえる泉水を中心とした中庭は広く、奥の築山《つきやま》は高さが一丈（約三メートル）ほどもある。葉が落ちている季節だが、あちこちに植えられた桜、ツツジ、紅葉などが四季おりおりの美しさを見せてくれそうである。

折しも白梅紅梅がほころんで、庭全体に馥郁《ふくいく》たる香気が漂っている。

「おお、あれが窯ですね」

文治郎は庭の左手を指さした。

杉木立に囲まれたところに、大きな土まんじゅうを三つくっつけたかのようなかたちの小ぶりな登り窯が姿を見せている。

甚五左衛門も立ち止まり、珍しそうに窯を見ている。

「はい、もともと平らな場所ですので、土台には石垣を組んであります」

「登り窯は初めて見ました。今戸焼などの窯とはかたちが違いますね」

瓦を焼く窯は、もっと単純で、ただの土まんじゅうのようなかたちをしている。

「登り窯は斜面を炎が登ってゆく力を用いて高い熱を得られる窯です。築くのは大変ですが、色絵陶器を焼くためにはどうしても必要です」

「ははぁ、炎は必ず低いところから高いところへと登りますからね」

にこやかにうなずいて浩一郎は言葉を続けた。

「さらに、上絵焼きに用いる窯は錦窯《きんがま》と申しまして、特別の窯でもっと小ぶりに築きます。登り窯と錦窯はかたちも大きく違います。登り窯が煙道を斜面に沿って設けるのとは異なり、単に天に向かって煙を抜く造りです。当家にも登り窯の向こうに上絵用の錦窯を築いております」

浩一郎は自信に満ちた口調で説明した。

「なぜ、二種類の窯を使うのですか」

「色絵の下地となる白釉陶《はくゆうとう》を焼き抜くための本焼きには高い熱を要します。ところが、その熱さでは上絵は溶け出してしまうのです」

「なるほど、それで登り窯の高い熱で下地を焼いてから、さらに絵付けをした後で、いくぶん低い温度で二度焼きするわけですね。色絵陶器はずいぶんと手間の掛かっているものなんですね」

「仰せの通りです。金や銀色の焼き付けを行うときにはさらに低い熱で三度焼きをすることもあります。その点は色絵磁器と何ら変わりません」

「磁器というのは伊万里焼や九谷焼などですね。どこが違うのですか。見た目は同じように華やかですが、あちらは硬いですよね」

「磁器に用いる白磁胎は石を砕いたものに水を加えて原料と致します。当家で焼いております白釉陶は粘土を使います」

「磁器は冷たく澄んだ輝きがよいですが、どこかあたたかみがあるのが色絵陶器の魅力ですね」

「仰せの通りかと存じます」

浩一郎は満面に笑みをたたえてうなずいた。

「おい、文治郎。拙者たちは焼き物の勉強に参ったのではないぞ」

甚五左衛門はあきれ声を出した。

「ははは、すまぬすまぬ。焼き物の話だけについ熱が入ってしまった」

「くだらぬ落とし話をする奴だ」

甚五左衛門はふざけて肩を叩いた。

「これは失礼致しました。さ、さ、どうぞこちらでございます」

浩一郎は恐縮して身体を折ると、戸口へ向かって歩き始めた。

文治郎たちは、泉水が真正面に見える書院へ通されて床の間を背に座らされた。

庭などには茶趣味の勝った弄山邸ではあるが、折り目正しい雰囲気を持つ十畳ほどの部屋だった。ただ、床柱に檜《ひのき》の錆《さび》丸太を使っているあたりは茶室風でもあった。

芙蓉《ふよう》と孔雀を描いた大ぶりの色絵香炉から、ゆかしい香りが漂っている。

すぐに弄山が海松茶《みるちゃ》の小袖に舟底袖の短い茶羽織を羽織った姿で現れた。弄山は袴の音を立てて下座に端座すると、畳に手をついて丁重に頭を下げた。

「多田先生にはこんな鄙《ひな》までわざわざのお運び、まことに恐縮です。宮本さま、初めてお目に掛かります。焼き物を作っております沼波五左衛門でございます。お役目ご苦労さまに存じます」

弄山の丁重なあいさつに文治郎たちは恐縮して頭を下げた。すでに浩一郎から来訪の目的は伝わっているようであった。

「徒目付の宮本甚五左衛門でござる。役儀とはいえ、閑居を騒がし痛み入ります」

相手が将軍家の覚えめでたい陶物師とあって、甚五左衛門も恭敬なあいさつを返した。

「鳳来屋でのことはまことに驚きましたが、わたくしで御役に立てることでしたら、何なりとお尋ね下さい」

「前触れもなしに伺ってしまい、恐縮です」

浩一郎が異風な細長いかたちの茶器を持ってきて一礼して去った。

「ほう、これは珍しい」

文治郎は手に取ってしげしげと眺めた。白化粧土の上に、藍色の呉須《ごす》で文様を描き、さらに唐三彩《とうさんさい》の淡黄色《たんこうしょく》、緑、褐色《かっしょく》で花の絵が描かれている。

「ややや、これは異国の文字ではござらぬか」

甚五左衛門も手にした茶器に見入っている。かたちもさることながら、この茶器でいちばん目を引く意匠は、呉須や赤絵具で描いた異国の文字であった。文治郎が手にした茶器には呉須でＶＳ、赤絵具でＷＭＫＰＡと記されている。

「それは和蘭陀のいろは文字です。意味はないのですが、あちらの文字からかたちの美しいものを選んで模様としました。和蘭陀ではギヤマンで作ることが多いようですが、和蘭陀で『コップ』と申す代物を焼き物で再現してみました」

「ははぁ、これはコップという茶器なんですね」

「いまは煎茶器として用いましたが、酒杯としても使えます」

「かような珍しきものは長崎にもござるまい」

煎茶を飲み終えた甚五左衛門は、うなりながら茶器をいじくり回している。

「さようですな。和蘭陀から到来したものは別として、本邦では作られておらぬはずです。和蘭陀文字はさる方からあちらの書物をお借りして写したものです」

これもまた珍重される作品に違いない。

弄山はにこにこと微笑みながら自作の陶器の肌を指の腹で撫でている。

茶を飲み終えた文治郎は、さっそく弄山に問いかけ始めた。

「亡くなった河原田内膳さまとはお親しかったのですよね」

文治郎の問いに、弄山はさらっと答えた。

「わたくしの作風をお気に召して下さって、茶碗や水指などをいくつかお買い上げ頂きました」

「お得意さまというわけですね」

「はい、焼き物についてはなかなかのお目利きでいらしたと存じます」

「弄山さんの御作ははなはだ高価と伺っておりますが」

「ご当代さまの御意にも、大納言さまの御意にもかなう栄を得まして、諸大名家にもお求め頂いております」

ここでいう大納言は将軍世子の家治を指す。家治は寛保元年（一七四一）に元服すると同時に従二位権大納言に叙任されていた。

「寡作でいらっしゃるとも伺いましたが」

「楽しみで焼いておりますので、出来が悪いものはすべて壊してしまいます。それゆえ世に出るものが、どうしても少なくなってしまいます。食器はまぁそれほど厳しくは考えておりません。が、もともとは茶から入った焼き物ですので、茶道具は妥協ができませせぬ」

寡作であるがゆえに弄山の作品、ことに茶器には著しい高値がついている。

もともと食器と茶器では同じくらいの大きさのものでも十倍の開きはあるものだが、弄山の茶器はひとつが数百両というような値で取引されている。ここを訪ねる前に百亀に聞いたことなどが役に立っていると文治郎は感じていた。

「ご自分の作品にとても厳しいのですね」

「いやいや、わたくしの焼き物はひとえにわたくしの道楽でございます。もし、焼き物を生計《たつき》としておりましたら、そんなのんきなことは申しておられませんでしたでしような」

弄山は衒《てら》いのないようすで静かに答えた。

「ご本業は廻船問屋と伺いましたが」

「代々、廻船業を営んでおりますが、焼き物も取り扱っております。もとはと申せば、伊勢天目を京、大坂や江戸へ売ることで身代を増やした家でして、屋号は『萬古屋』と申します」

天文期頃から伊勢で作られるようになった天目茶碗は茶人に愛され、いまの世では伊勢参宮の高級な土産物として知られている。

「なるほど、陶印にお使いになっている『萬古不易』の由来ですね」

「萬古屋の屋号に、永久に変わらぬものという意味で不易と名づけました。しかしながら、わたくしは若い頃から家業に身の入らぬ道楽者でございまして……」

はにかむように弄山は笑ったが、本業が繁盛している上に、道楽でこれだけの世評をとっている弄山はただ者ではない。その作品と同じく世に二人といない男だと、文治郎はわずかな妬ましささえ感じた。

「道楽とはご謙遜を」

「幸いなことに、息子に継がせた桑名の店も、番頭に任せた神田今川橋の出店も大いに繁盛しております。おかげさまで、道楽三昧に生きております」

神田堀に架かる今川橋は小さな橋だが、人通りの多いところで界隈には陶器商が集まっている。

「ご商売繁盛の上の道楽三昧としたら、うらやましい限りです」

「恐れ入ります。これも皆さまのお力のおかげです」

弄山は恭《うやうや》しく頭を下げた。

文治郎は本題に切り込むこととした。

「ところで、わたしが不思議に思うのは、七百石の内膳さまが、諸侯でもなかなか手の出ない弄山さんの御作をいくつも買い上げたということなのです。二丸御留守居役は栄《は》えある御役ではありましょうが、それほどの実入りのある職とも思えませぬ」

若年寄に属する二丸御留守居は、長年忠勤を励んだ旗本の名誉職としての色合いが濃く、たとえば商人などの付け届けとは無縁の仕事だった。

「それは……」

弄山は言いよどんで、しばらく黙した。

「ここだけのお話にして頂きたいのですが」

やがて思い切ったように弄山は口を開いた。

「もとより承知の上でお尋ねしております」

「さよう。弄山どのに迷惑を掛けるようなことはせぬ」

甚五左衛門も力強く請け合った。

「内膳さまとはある茶会でお目に掛かって以来のおつき合いでございます。江戸へ出て参って西も東もわからぬ頃から、それはいろいろとお世話になっております。窯場を築く場所に悩んでおりましたおりも小梅のこの地をご紹介下さいました。そのようなご恩がございますので、とくにお安くお譲りしておりました」

「さようなことでござったか」

甚五左衛門も得心がいったようである。

「されど、内膳さまだけに特段の扱いをしていることが、ご公儀やほかの皆さまに知れますと、いろいろと物議を醸すことになりかねませぬ。どうかお胸の内に留めて頂ければ幸いでございます」

弄山は畳に手をついた。

「顔をお上げ下さい。決して他言は致しませぬ」

「拙者も此度の内膳さまの怪死の謎を解くことに関わりのないことは上申するつもりはござらぬ。また、役儀で知り得た事柄を他言せぬのは当然のこと」

甚五左衛門は几帳面に答えた。

「お言葉を伺い安堵致しました」

「ところで、内膳さまについてさらに伺いたいのですが」

「どのようなことでしょうか」

「まずはお人柄です。此度の一件はどう考えても怨恨によるもの。他人から恨みを買うような人物でありましたか」

「さようですな……焼き物、書画骨董などに目利きではいらっしゃいましたが……お人柄となると、いまひとつ……」

弄山が言葉を濁すのは、内膳の人柄に難があったことを示しているとしか思えなかった。

「しかしながら、世話になったから御作を破格の値で譲るというようなご関係だったのではないですか。感じていたことを少しでもお伝え下さい」

文治郎の突っ込みに、弄山はあきらめたように口を開いた。

「まぁ、磊落《らいらく》と申しますか、小さいことにはこだわらぬお人柄ではございましたな」

「磊落……倨傲とか尊大と申したほうがふさわしいのではありませぬか」

言葉を換えればわがまま勝手と呼ぶこともできよう。

「そのように受け取る人もいるかもしれませぬ」

弄山は困ったように眉を寄せて答えた。

「あの日も無礼講と決まるや、すぐにいちばんよい席を取っていましたからね……あのような振る舞いはいままでにも多々あったのでしょう」

「はぁ……たしかに……」

弄山の顔色は冴えない。内膳の不遜な行いはこれまでも少なくなかったのだろう。

「あるいは傍若無人な振る舞いが過ぎて、他人の恨みを買っていたのではありませぬか。あなたご自身はどうですか」

ふたたび弄山は黙った。

「少なくとも、わたくしは内膳さまに恨みなど抱いてはおりませぬ」

弄山は文治郎の目を見て静かに答えた。

「勘違いなさっては困ります。わたしは弄山さんが此度の一件に関わっているとは考えておりませぬ」

これは半分くらいは本音だった。文治郎は目の前に座る数寄者《すきしゃ》の鑑《かがみ》のような男が、どんな恨みを抱こうとも、内膳をあんな手段で刺し殺す計を立てたとは思えなかった。美を追い求め、世に二つとない美をつかんだ男としてはあまりに稚拙に過ぎる殺し方と感じていたからだった。

「ところで、弄山さんのほかに、内膳どのと面識のあったご当家の方がいらっしゃるようですが」

「はて……そのような者がおりますか」

弄山は初めてはっきりとした嘘をついた。

「たとえば、ここへ案内してくれた沢本さんです。あの人は広間でお話を伺ったときに『あんな無残なお姿になられて……』とつぶやきました。初めて会ったと考えるのは難しいのではありませんか」

文治郎がいささか強い調子で問いかけると、弄山の目が一瞬だがうろうろと泳いだ。

「内膳さまと面識のあった人がいるはずです」

文治郎は畳みかけるように訊いた。

「申し訳ありませぬ。わたくし自身が疑われることはともあれ、弟子たちまで巻き添えにしたくはなかったのです」

「では、どうか、教えて下さい。沢本さんのほかに内膳さまと面識のあった方はどなたですか」

「いろいろとお尋ねになりたいこともあるでしょうから、弟子たちをここへ呼びましょう。しばしお待ち下さい」

弄山は座を立つと袴をさばいて部屋を出ていった。

いくらもしないうちに、弄山は三人の男を連れて戻ってきた。

一人は浩一郎、もう一人はあのときにいた柿沼館次郎であった。二人は三十代半ばくらいの顔色の悪い男を介添えしながら部屋に入ってきた。身体が利かないらしく、右足を引きずり、ようやく歩いている感じであった。

弄山の右に並んで浩一郎と館次郎は端座したが、最後の男は立ったまま頭を下げた。

「足が悪く、きちんと座れませぬ。ご無礼をお許し下さい」

男は肩をすくめるようにして身を小さくした。

「どうぞお楽になさって下さい。お呼び立てして申し訳ありません」

文治郎が答えると、男は頭を下げて横座りした。

「おまえたち、今日は多田先生とご公儀徒目付役でいらっしゃる宮本甚五左衛門さまがお見えだ。むろんのこと、一昨日の鳳来屋での一件をお調べに来られた。ご下問には何ごとも包み隠さずお話しするのだぞ」

弄山が紹介すると、三人はいちように強ばった顔で頭を下げた。

「わたしの三人の弟子です。一番弟子の竹川です」

「竹川政信《たけかわまさのぶ》と申します。先生はそのように仰せですが、一年半前に怪我をしてから、もはや焼き物が作れぬ身体となってしまいました。いまは当家の厄介者に過ぎませぬ」

竹川はあごの尖った浅黒い精悍な顔つきをしていた。だが、悲しみを宿したその目は正視に堪えないような気がした。この男は陶芸の道をあきらめたことで傷ついていると、文治郎はつよく感じた。

「竹川は家内の甥なのですが、怪我のために手足が自在に動きませぬ。されど頭のよい男でして当家の金の出入りなどを見てくれております」

弄山はかばうように答えた。

「二番弟子の柿沼館次郎と三番弟子の沢本浩一郎はすでにご存じでしたな」

「多田先生、一昨日は大変にお世話になりました」

柿沼はその賢げな容貌に愛想のよい笑みを浮かべて会釈した。

「いや、こちらこそ……弄山さん。お弟子さんはこのお三方なのですね」

「はい、あと一人は江戸で店の番頭をつとめております安達新兵衛ですが、この男は家業が忙しく、内膳さまにお目に掛かったことはありませぬ。また、次男の萬蔵にも手ほどきをしておりましたが、五年前に桑名に帰っております」

弄山の答えに文治郎は落胆を覚えざるを得なかった。

文治郎の目の前にいた弄山は無論のこと、凶行があったとき、浩一郎と館次郎は広間にいた。政信は身体が利かない。ほかに凶行を犯した弟子がこの家の中にいるかもしれないという文治郎の期待は裏切られたのである。

だが、文治郎は、そのまま問いを重ねた。

「萬蔵さんはご当家……というか弄山さんの窯をお継ぎになるのではないのですね」

「はい。長男の惟長《これなが》は茶にも焼き物にも関心がなく育ちました。ですが、商売は好きですので、本業の跡取りとして江戸にも呼ばずにおります。また、次男の萬蔵はわたくしのもとで焼き物に励んでおりましたが、五年前に道を捨てて長男を手伝っております」

弄山の顔にはいくばくかの淋しさが浮かんでいた。

「萬蔵さんはすぐれた腕をお持ちでしたが、先生の技法が再現できぬことに苦しみ、悩んだ末にご自分で道をおあきらめなさったんです」

館次郎がなめらかな口調で言った。

「余計なことを申すな」

弄山はきつい口調で叱ったが、文治郎は手を差し出してこれを抑えた。

「いえいえ、お弟子さんには何ごとも遠慮なくおっしゃってもらわねば困ります」

「はぁ……」

弄山は不承不承黙った。

「お弟子さんはずっとこちらにお住まいなんですね」

「はい、三人とも八年は、ここで過ごしております。後は家内と下女がおります」

「それではあらためて伺いますが、河原田内膳さまについての皆さまのお考えを伺いたい。まずは竹川さん。いかがですか」

「あんな男は天罰が下って然るべきです」

政信は唇を歪めて吐き捨てた。

「ほう、どんな男なんですか」

「下衆《げす》な男です。茶も焼き物もわからず、先生の御作もただ金にしか見えぬのです」

「政信よさぬか」

弄山は激しい声で叱った。

「相済みませぬ。つい……」

政信は悄然と肩をすぼめた。

「ほかのお二人はどうですか。竹川さんのお考えについては」

文治郎の問いに、館次郎と浩一郎は黙って顔を見合わせた。

「弄山さんの前では言いにくいこともあるでしょうが……」

重ねて問うと、館次郎が頭を掻きながら答えた。

「兄弟子はちょっと大げさかもしれませぬが、内膳さまにはたしかにさようなところはございました」

「内膳さまは本当に焼き物がわからなかったのですか」

「いや、なかなかの目利きではありました。ただ……あくまでも焼き物の値踏みができるというだけの話でして、なにが美しいか醜いかなどということはわからぬお人でした」

館次郎の言葉に浩一郎がかすかにうなずいたように見えた。

「沢本さんはいかがですか」

「いえ、わたしはなにも感じていませんでした……」

浩一郎はあわてたように答えた。

「竹川さん、内膳さまのどういったところが下衆だとお感じなのですか」

「先生の御作が高価に売れると知って、先生に親切ごかしに近づいたのです。恩を売っておいて、御作を信じられぬような値で手に入れるとさっさと売り払う。そんな男を下衆と言わずしてなんと呼べばよいのでしょうか」

暗い目で言う政信の声は震えていた。弄山の言葉とも矛盾しないし、この言葉は事実と考えてよいのであろう。

弄山は苦り切った顔で三人の弟子たちを眺めている。

「では、ほかのことで、内膳さまについてなにか耳に入れていることはありませんか」

しばらく待ったが、三人は押し黙ったままだった。

すでに政信が内膳の芳しくない人柄を訴えているからには、これ以上、訴えたいことはないのだろう。

「甚五左衛門、なにか尋ねることがあるか」

「いや、とくにない」

「皆さま、ありがとうございます。引き揚げますが、なにか思い出したことがありましたら、柳橋の寓居までお知らせ頂ければありがたいです。それから、弄山さん。また、こちらをお訪ねしてもよろしいでしょうか」

「もちろんです。本日は急なことでお構いもできませんでしたが、前もってお知らせ下されば、季節のものでも用意してお待ちしておりますゆえ……」

弄山はにこやかさを取り戻して文治郎たちに言った。

文治郎は丁重に礼を言って、弄山宅を後にした。

春めいたあたたかい陽差しが降り注ぐなか、文治郎たちは小梅堤を南へ向かって歩き続けていた。

「政信はとてもあんな凶行に及べぬ身体だったな」

歩きながら文治郎は甚五左衛門に声を掛けた。

「そうだな。政信という男は歩くのがやっとだった。あれでは厠の窓から内膳さまを刺し殺すなんて芸当ができるわけはなかろう」

「もし、あれが作り事なら話は変わってくるが」

「文治郎はさようなことを考えておるのか」

甚五左衛門は驚きの声を上げた。

「いや、言ってみただけだ。もし、政信の身体に支障がないとしたら、弄山一家は全員が嘘をついていることになる」

「つまり、政信が賊で、ほかの者はかばっていると申すのか」

「いや、今日のようすでは弄山さんや二人の弟子にとてもそんなようすは見られなかった。だいいち、もし、政信が賊なら、あんな風に内膳さまへの敵意を剝き出しにならないよ。自分が怪しまれるだけだからな」

「とすれば、政信はシロと申すか」

「まず、間違いない」

振り返っても弄山邸の屋根はすでに見えなくなっていた。二人は堤の崖に並んで腰を下ろした。

「ほかの二人は動けるんだがな……」

「したが、二人が一昨日、河原田家の家士をはじめとする供の者たちとともにいたことは疑いもない。つまり、二人に内膳さまを殺すいとまはなかったことになる」

「厠に行ったときもあっただろう」

「それも調べたさ。館次郎も浩一郎も河原田家の三人の家士もそれぞれ一度ずつ厠に行っている。しかし、それぞれほんの一時《いっとき》のことであったそうだ。内膳が体調を崩して厠にいつ行くかは、遠く離れた母屋からはわかるはずもない。待ち伏せせずに刺し殺すなど無理な話だ」

「なるほどなぁ。では、弄山はどうだ」

「本人はあの離れから出なかったので無理だ」

「あるいは陰の首謀者ではないのか」

「直に手を下した者がわかるまでは、弄山さんは疑わずにおきたい」

「なにゆえだ」

「そんな殺し方を下知するような男には見えぬ……」

もしかすると、これは文治郎の願いなのかもしれない。

「したが、内膳がろくでもない男だったことはよくわかったな」

「あんな殺され方をしたんだ。それだけのわけがあるはずだ。間違いなく、此度の凶行は内膳さまを恨む者の仕業だ」

「刺殺は別として、毒飼いをした者はあの中にはいないのか」

「わからぬ。ただ、毒を深鉢に盛ることは館次郎にも浩一郎にもできたかもしれない。たとえば、茶会の最中に鳳来屋の敷地内をうろうろしていたとしても、供の者ならそれほど怪しまれることはない。したが、そう考えるほどの材料はない」

「まぁ、沼波家の者が関わっているとするはっきりとした事情はないのだからな。圭角の多い男だっただけに内膳はどこでどんな恨みを買っているかわからぬ。拙者は内膳について河原田家の周囲の調べを始めるとするよ」

甚五左衛門は持ち前の明るい表情で答えた。

「頼む。甚五左衛門はわたしと違って、武家屋敷に堂々と出入りできるからな」

「そこは役儀だからな」

甚五左衛門は得意げに胸を張った。

「ところで、もう少し沼波家の内情を知りたいのだが」

「やはり怪しいか」

「わたしがいちばん引っかかったのは、河原田家の屋敷にあった獅子文の水指だ」

「ああ、あれがどうかしたか」

「小松屋さんも言っていたが、弄山さんの作でも茶陶は高く、和蘭陀文字が入っているような異国風のものは稀少だという話だった。とすれば、あの水指は何百両という値が付くのではないか。そんな高価な品をいくら値引きしてもらったとしても、はたして内膳さまが、おいそれと手に入れられただろうか」

「じゃ、どうしたって言うのだ」

「まだ憶測の域を出ないが、内膳さまは弄山さんの弱みを何か握って脅しつけ、獅子文水指のような高価な品を脅し取っていたのかもしれない」

「なるほど、そうだとすれば、弄山も弟子たちも内膳を恨んでいるはずだ」

甚五左衛門はあごに手をやった。

「もしかすると、三人の弟子以外にも出入りしている者などがあるかもしれない」

「なるほどな」

「それに怪しくなくとも、内膳さまとの関わりについて弟子たちは、表向きには話せないこともあろう。そのあたりを探りたいのだ。どうにかできぬかな……」

文治郎は腕組みをした。

「いちばんいいのは、沼波家に誰かを潜り込ませることだな」

甚五左衛門はすました顔で言った。

「お涼《りょう》か……」

お涼は相州三浦の漁師の娘である。昨夏、ある一件で猿島へ船を漕いでもらったことから知り合った。師走に嫌な男に嫁ぎたくないと言って実家を飛び出してきて、いまは稲生下野守の屋敷で下女として働いている。

お涼には猿楽師定光栄山《じょうこうえいざん》の舞台で騒ぎが起きたときにも、殺された上州屋の店に内偵のために潜り込んでもらった。だが、立て続けにお涼を使うことは気が引けた。

「ほかに手はあるまい。それにあの娘は物好きなのだ。先日、下野守さまのお屋敷に上がった際にちょっと話したら、屋敷の仕事は楽で退屈だ。また師走のときのようなお役目に就きたいと申しておった」

「なんと……」

「さすがに物好きな文治郎に惚れて江戸まで追いかけてくるような娘だな」

甚五左衛門は喉の奥で笑った。

「しかし、うまく潜り込ませられるか。弄山さんの家で奉公人を求めているかはわからぬだろう。下野守さまのお力でごり押しすれば、雇ってはくれるだろうが、初めから警戒されるはずだ」

「それが、目はあるんだよ」

「どんな目だ」

「近頃、沼波家では飯炊きの下女が一人辞めた。国元の母親の加減が悪くなったためだそうだ。今川橋の出店も手いっぱいのようで、桂庵《けいあん》（口入れ屋）に下女探しを頼んでいる」

「甚五左衛門、おぬしいつの間に調べたのだ」

文治郎は驚きで声を上げずにはいられなかった。

「拙者だって、徒目付のお役目についてから二月は経った。それくらいの調べは朝茶の子だ」

「頼りになるな」

「なんとか適当な親元を作り上げ、桂庵あての請人《うけにん》（保証人）証文を書かせよう」

「頼んだぞ。御徒目付どの」

文治郎は甚五左衛門の肩を叩いた。

風向きのせいか、梅の香がつよく漂って文治郎は心地よく息を吸い込んだ。

「調べだから詮方ないが、昨日からあちこち歩き回って、すっかりくたくただ」

甚五左衛門は嘆き顔で大きく息をついた。梅の香を楽しむ心のゆとりはないようだ。

「そうか……この後、もう一件、調べがあるのだが、あまり甚五左衛門をこき使っては悪いので、わたし一人で回るとするかな」

「おや、どうした風の吹き回しだ……」

「なに、たまには甚五左衛門をゆっくり休ませてやろうと思ってな」

疑わしげに甚五左衛門は眉を寄せた。

「いったいどこへ行くのだ」

「なに、両国広小路で四つ半（午前一一時）に待ち合わせた人と会うのよ」

「なんだ。文治郎の家のすぐ横ではないか」

文治郎が住まう下柳原同朋町は、小路《こみち》ひとつ出れば両国広小路であった。

「まぁ、わたしは帰りがけなので楽な話だ」

「誰と待ち合わせているのだ……」

甚五左衛門は、文治郎の目を覗き込むようにして訊いた。

「なに、一昨日の宴に花を添えてくれた踊り子たちだ……いや、本日も早朝から苦労をかけた。では、また明日」

太ももに手を突いて文治郎は丁重に頭を下げた。

「文治郎、おぬし近頃、嫌な奴になったな」

甚五左衛門はあきれ顔で言った。

「ははは……冗談だ。さ、両国へ急ごう」

「ったく……」

甚五左衛門は鼻からふんと息を吐いた。

両国橋のたもとは火除地としての役割から建物を建てさせず、広い道幅が保たれていた。両国広小路と呼ばれたこの道筋は、後の天明期頃に緞帳《どんちょう》芝居（三座以外の非公式な芝居）の小屋や見世物小屋などが建ち並び、上野広小路と並ぶ江戸っ子の遊び場として大変な賑わいを見せることになる。

すでに宝暦の頃にも大川沿いには葦簀《よしず》張りの水茶屋が建ち並び、人通りが増えていた。

待ち合わせた水茶屋に近づくと、四人の華やかな振袖姿が遠くからも目を引いた。

文治郎は明るい声とともに四人が座っている縁台に歩み寄っていった。

「お待たせしたね」

「あ、先生。こんにちは」

お妙が手を振って答えた。

「悪いね、日本橋からわざわざ呼び出して」

「いいんです。あたしたちも広小路なら遊んで帰れるから」

お妙の声にほかの三人も笑みを浮かべて口々に同意した。

「あたしかんざし買う」

「あたしは塗り物の櫛っ」

「帯留め探すの」

娘たちの明るい笑い声が響いた。

「ははは、みんなお洒落だな。そいつはちょうどよかった」

次の刹那《せつな》、娘たちはかたわらに立っている甚五左衛門に気づいて押し黙った。

「このいかつい男は、公義のお役人なんだ」

文治郎は手をひらひらさせて紹介した。

「徒目付の宮本甚五左衛門でござる。お見知りおきを」

甚五左衛門はしゃちほこばって生真面目にあいさつした。

答え方がわからないのか、気まずい沈黙が漂った。

「おいおい、堅苦しい奴だなぁ。みんな固まってるぞ。こいつはねぇ、わたしがあなたたちくらいの年頃からの友だちなんだ」

娘たちはほっとしたような表情に変わった。

文治郎と甚五左衛門は、娘たちの隣の縁台に腰を掛けた。

「……多田先生と感じが違う」

いちばんあどけない顔をしている踊りの上手い娘がじっと甚五左衛門を見つめた。

甚五左衛門はまぶしそうな顔つきで視線を逸らした。

「そうだろ。野暮天だからね。おまけに秋までは相州浦賀にいたんで江戸は不案内なんだ」

四人はくすくすと笑った。

「とにかく何でも好きなもんを頼んでいいよ。お替わりもいくらでもしていい」

文治郎の言葉に、娘たちは、わぁーと歓声を上げた。

芸はしっかりしているが、まだまだ子どもっぽいところがある。

水茶屋なのでたいしたものがあるはずもなく、娘たちは栗の入ったぜんざいを頼んだ。文治郎たちもつきあうことにした。

「さて、名前を教えてくれるかな。お妙さんは先日、伺ったな」

「妙です。みんなより歳なんで、取りまとめみたいなことをしています」

三味線を弾いていたお妙は口元に静かな笑みを浮かべた。

二十歳前か、細面に黒目がちの大きな瞳が目立っている。しっかりとしていておとなしいが芯は強そうな娘である。

「お妙姐さんは踊りも歌も、誰よりもお上手なんですけど、三味線でみんなを引っ張ってくれているんです」

隣の娘がきれいな声で言い添えた。

踊り子たちは、後の女芸者と同じく三味線も歌も芸としているのがふつうだった。

「おまえさんは、あの日、歌っていた娘さんだね」

「初と言います。一昨日はあたしの歌をお聴き頂き、ありがとうございました」

あの日、見事な歌声を聴かせてくれた娘だった。瓜実顔に切れ長の瞳を持つお初は、お妙よりも少し年下のように見える。

「うん、実にいい喉だったよ」

「あら、嬉しい」

お初は頰を染めた。

「あたしは藤です。拙《つたな》い踊りを見て下さってありがとうございます」

ふっくらとした顔で朗らかに笑うお藤は年上のほうの踊り手だった。

「菊です。ありがとうございます」

　ぺこんと頭を下げたお菊は、いちばん年下でしなやかな踊りを見せた娘だった。新吉原ならまだ振袖新造《しんぞ》の年頃だろう。卵形の顔にちまちまとした目鼻立ちの娘だった。

「みんな三味線も歌も踊りもすごくよかったけど、いつもの慣れている曲ばかりなのかな」

「はい、稽古は積んでいます」

　お菊が嬉しそうに微笑んだ。

「さてさて、お仕事だ……一昨日の一件について甚五左衛門と調べてるんだけど、あの日、みんなは鳳来屋にはお座敷の直前に入ったのかな」

「いいえ、あたしたちがお座敷に顔を出す二刻（約四時間）くらい前に鳳来屋さんに入りました。そうねぇ、朝五つ半（午前九時）くらいです」

　お初が小さく首を振って答えた。

「ずいぶん早いんだね」

「いつもはそんなに早く行かないんですけれど、お藤ちゃんの出来がいまひとつだったんで、早く入ってお稽古してたんです」

お妙が言い訳するようにつけ加えた。

「あたし、『相生獅子』がちょっとできてなかったんです」

お藤は恥ずかしげに答えた。

「でも、本番はとってもよかったよ」

「あら、嬉しい。お妙姐さん、芸には厳しいから」

「そんなことないでしょ。あたしはいつだってやさしいじゃない」

おどけたように眉を動かしたお妙に、三人がケタケタ笑った。お妙は芸道には厳しい姉《あね》さん株なのだろうが、人柄は好かれているらしい。

「二刻前に入ってから稽古をしていたのはどこなんだい」

「あの離れです。鳳来屋さんのほうでお許し下さったんで」

お初の言葉に文治郎は聞き耳を立てた。

「そのとき、もう卓の用意はしてあったかな」

「ええ、あのきれいな布が敷かれていたし、空のお皿やお鉢、お箸なんかが用意してありました」

よどみなくお初は答えた。前の晩から用意してあったのかもしれない。

「あなたたちはいつ頃までお稽古してたの」

「そうですね。お客さま方が離れにお入りになる半刻前くらいでしょうか」

お妙が答えた刻限は、ちょうど茶会が始まった頃合いだった。すなわち、四つ半(午前十一時)である。

「お稽古している間に、女中さんやほかの人は入ってきたかな」

「いいえ、誰も入ってきませんでした」

お妙はきっぱりと答えた。

文治郎は手応えを感じていた。深鉢に毒が盛られたのは、五つ半(午前九時)より前かあるいは四つ半より後ということになる。

「お稽古が終わってからは母屋にいたんだよね」

「そうです。控えに充てられたお部屋でお茶を頂いて休んでいました」

答えたお妙に文治郎は次の問いを重ねた。

「弄山さんからはいままでも呼ばれたことはあるのかな」

「はい、弄山先生にはお目を掛けて頂いていて、二年ほど前から何度かお呼び頂いております」

「変なことを訊くけど、いままでお座敷で喧嘩とかもめ事なんてのはなかったかな」

この問いには全員が首を振った。

「いいえ、弄山先生もやさしくて、先生のお座敷に見えるお客さまに皆さま、とてもお上品なので、いつもいい気分で帰らせて頂いていました」

お初が微笑みを浮かべた。

「そうそう。酔っ払ってもいやらしいことなんて言う方はいないし」

年下のお菊があどけない声で言い添えた。

「酔っ払いには苦労するだろうねぇ」

娘たちはいちように苦笑を浮かべた。少し前まで踊り子は春をひさぐ生業《なりわい》でもあった。当節は、芸のみで生きてゆく娘が大半だが、客の中にはおかしな期待をする者もいるはずだ。

「だから……この前のようなことがあって、あたしたち本当に怖くって」

お藤が身体を震わせた。

「そうか、嫌なことを思い出させて済まないけれど、殺された河原田内膳というお武家にはいままでにも座敷で会ったことはあるのかな」

「いいえ、先日のお客さまは皆さま初めての方ばかりでした」

「そうそう……弄山先生のお座敷でお弟子さんたちがお客だったことはあったかな」

「はい。二度ほど、どちらもずいぶん前のことですが……慰労会とかいうことで」

文治郎の目を見つめてお妙は答えた。

ふと気づくと、お菊がじっとお妙を見ている。

「なるほど……ところで、あの日、鳳来屋に入ってから騒ぎが起きるまでに、なにか奇妙なことや不思議なこと、気になることはなかったかな」

四人はしばらく考えていた。

「とくに気づいたことはありません。お初ちゃんたちはどうかしら」

お妙の言葉に残りの三人は顔を見合わせてから、いちように首を振った。

「甚五左衛門はなにか聞くことはあるかい」

「いや、なにもない」

せっかく若くてきれいな踊り子たちと言葉を交わす機会なのに、甚五左衛門はすっかり毒気を抜かれた顔をしている。

「ありがとう。なにか思い出したら、わたしの家はこの裏の下柳原同朋町にあるから、教えてくれないか。そのときは寿司でも奢《おご》るよ」

文治郎はやわらかい声で礼を言って、甚五左衛門とともに水茶屋を後にした。

「疲れたよ」

広小路の人混みに出ると、甚五左衛門がぽつりと言った。

「なんで疲れたんだよ。おぬしは座っていただけではないか」

「ああいう娘たちが多い場に慣れていない」

真面目な顔で甚五左衛門は答えた。

「はははは、おぬしは聖人君子だな。まったく」

文治郎は甚五左衛門の肩を叩いた。

あちこちの店から盛んに売り声が響いている。

新しい年を迎えて、両国広小路は今日も活気にあふれていた。

3

十日ほどは何ごともなく過ぎた。

文治郎は書を教える本業が忙しくて、内膳の件を調べるいとまがなかった。

毎年、この時期は入門者が多い。正月二日あたりに行われる書き初めで、己の筆の拙さを痛感する人が多いらしい。根気が続かずやめてゆく者は卯月頃に増える。

そんなある日の午後、お涼が文治郎の寓居を訪ねてきた。

「うふふふ、多田先生、こんにちは」

訪《おとな》いの声に戸口を開けてやると、顔を見せるなりお涼は妙な笑いとともにあいさつした。

「変な笑い方をする奴だな」

「だって、多田先生にお目に掛かれて嬉しいんだもの」

「そいつはありがたいな」

適当にあしらうと、お涼はぷーっとふくれた。

「もう、あたしが一所懸命おつとめに励んでるのは、先生に喜んでほしいからなのに」

美しくなったな、と文治郎は思った。

真っ黒だった顔の色もずいぶんと白くなり、どことなく垢抜《あかぬ》けてきた。力強い目と引き締まった唇が目立つ細面は化粧映えがして、海辺にいた頃とは別人の感がある。

下女にふさわしく藍鉄色《あいてついろ》の地味な縞木綿の小袖に、かけおろしという小女や下女に多い島田に結っている。だが、着物の下からは若く健やかな色気が満ちあふれている。

わずかの間なのに江戸の水で磨きが掛かったというのだろうか。女というものは化けるから恐ろしい。

だが、そんな褒め言葉を口にすれば、どこまでつけあがるかわからない。

暮れにお涼は親の決めた許婚《いいなずけ》を嫌い、文治郎を慕って相州三浦を飛び出してきたのだ。

屈強な漁師たちが震え上がって近づかなかった血だらけの亡骸を見ても、平然としていた勝ち気な娘だけに、まだ十七のくせに大胆な迫り方を見せる。

妻を迎える気持ちのない文治郎は多少持て余してもいる。

「抜け出してこられたのか」

「ええ、日本橋のお店にお手紙を届けた帰りなんです。ゆっくり甘いもんでも食べてこいって言われてるから、あとでお買物の御用もあるんですけど、半刻くらいは平気です」

「そりゃあ忙しいのにすまなかったな。どうだ、沼波家は」

単刀直入に訊くと、お涼は顔をほころばせた。

「もう、すごーくいい人ばっかりです」

「助平はいないのだな」

暮れに内偵に入った商家で若主人に幾度も夜這いを掛けられたお涼は、相手の急所を握りつぶして飛び出してきたことがある。

「そんな人、一人もいません。きちんとした方ばかりです」

「弄山さんは立派な方か」

「そう、そこがちょっとね」

「弄山さんに何か問題があるのか」

驚いて訊くと、お涼は右手を激しく振った。

「そうじゃないんです。弄山先生が偉すぎるんです」

「威張っているということか」

「それも違います。弄山先生はとても穏やかな方です。ご家族やお弟子さんに威張ったところなんて一度も見たことはありません。でも、お弟子さんたちがあまりに尊敬し過ぎちゃっているって言うか」

　お涼は言葉を呑み込んだ。

「尊敬されるのはすぐれた陶物師だからだろう」

「そうなんですけど、なんて言うのかな、お弟子さんたちは先生のことを神さまみたいに思っているんですよ」

「ふーん、神さまか」

「だから、先生の言うことに異を唱える人もいなくて……先生が何をなさっていても誰も文句を言わないんです。一度、先生が羽織を裏返しにお召しになってお散歩に出ようとなさったからご注意したんです。先生はにっこり笑って着替え直されたんでよかったんですけれど……お弟子さんに怒られました」

「怒られたって……」

　意外な言葉に文治郎の声は裏返った。

「ええ、館次郎さんと浩一郎さんが、お散歩なんだから先生がお気づきになるまで黙っていろって……」

「そりゃ、ずいぶんと極端な話だな」

「あたし、なんか腹が立って、先生が下駄と草履を片方ずつ履いてたらどうするんですか、転んだら危ないでしょ、って言ったら二人とも黙っちゃったんですけどね」

「まさかそこまでは粗忽屋《そこつや》じゃないだろ」

ところがお涼はすました顔で首を横に振った。

「弄山先生は物事に熱中すると、そんなことをやりかねないお人なんです。この前もお羽織のたもとをすっかり墨で汚しちゃったし」

「それでも黙ってろって言うのか」

「たぶん……」

「まったく『亭主の好きな赤烏帽子《えぼし》』だな」

「なんですか、それ」

「いや、ことわざだが、一家の主人が好むなら、赤烏帽子みたいな変なものをかぶっていても家族は褒め称《たた》えてろって話だ」

「赤い烏帽子なんてあるんですか」

お涼はきょとんとした顔で訊いた。

「あるわけないだろ。古来、烏帽子ってのは黒と決まっている」

「まさにそれ。それですよ」

口元に掌を当ててお涼は笑った。いつの間にこんな笑い方を覚えたのだろうか。

「弟子たちのことを訊きたいな。まず、竹川政信はどんな男だ」

「竹川さんはいつも何かに怒っているみたいなんです」

「怖いのか」

「いえ、おとなしい方です。荒い口なんかききませんし、あたしが疲れているときなんていたわってくれます。でも、なんだか、いつも心のなかで怒っているみたいなんです。あんな身体になったことで焼き物の道をあきらめたからだと思うんです」

「なんで政信は身体が利かなくなったんだ」

これは大きな謎だった。

「浩一郎さんにちょっと訊いたら、崖から落ちたんだって」

「本当なのか」

「ちょっと怪しいと思うんですよ。だってあの温厚な浩一郎さんが、その話をしたときだけは別人みたいに怖い顔になって、『その話は二度と口にしないでくれ』って言うんです」

「なにか隠している事情があるのだな」

「そう思います。もう一人、お富さんっていうおばあさんの女中さんがいて、お人好しでよくしゃべるんですよ。でも、この人も政信さんの怪我のことについては何も知らないんです。もっともお富さんも奉公して半年ちょっとだそうですけれど」

「そうか。古い女中はいないんだな……政信の怪我について、もう一度誰かに訊いてみてくれないか」

だが、お涼は冴えない顔つきで首を振った。

「訊いてもいいですけど……でも、あたしが聞き出すのは無理だと思う……あのお家の方々は、お弟子さんを含めて皆さま家族みたいで、あたしとお富さんだけがよそ者なんです。お富さんは感じていないみたいだけど」

今日も感心しているが、お涼はまことに頭が切れる。しっかりした内偵をしてくれている。無理だと言うのなら無理なのであろう。

「結束が固いんだな。でも、政信のほかのお弟子さんは血はつながってないんだったな」

「弄山先生のおかみさんが竹川さんの叔母さんだそうですね。ほかの方はまったく血はつながっていません」

「おかみさんはどんな人だ」

「八百《やお》さんとおっしゃって穏やかですごくおとなしい方ですね。三十代の終わりくらいですけど、おっとりしていらっしゃるの。伊勢国の東竹川家っていって大変なお金持ちの商家の出身なんですって」

「沼波家自体も金持ちなんだな」

「すごいお金持ちだと思います。桑名のお店も日本橋のお店もとても順調のようです。お酒は灘《なだ》やら伊丹の銘酒ばかり買ってます。出入りの魚屋さんからも美味しそうなものは値段なんか気にしないで買い付けろって言われてます。あたしからすると、白魚とか小鰺《こあじ》なんかは別として、お江戸の魚は美味しくないですけどね」

「ははは、相州の漁師の娘にかかっちゃ江戸の魚屋も形なしだな」

お涼もおもしろそうに笑った。

「先生の義理の妹さん、奥さんの妹さんですね、それから先生の娘さんも伊勢国桑名の山田家っていう全国でも指折りのお金持ちの商家に嫁いでいらっしゃるんですって」

「なるほど、重縁か。金持ち同士は縁がつながるものなのだな。わたしなど生来、金にも金持ちにも縁がないが」

まぁ、食って飲む、たまには新吉原に通うくらいの実入りは書を教えて稼ぎ出してはいるが……。

「あら、お金がなくったって、多田先生は素敵よ」

お涼はしなを作って妙な流し目を送ってよこした。

「弟子に話を戻そう。柿沼館次郎はどんな人物だ」

文治郎は大きく咳払いして問いを続けた。

「すごく頭のいい人です。目から鼻へ抜けるって館次郎さんみたいな人を言うのかな。いつも落ち着いていますし、焼き物作りの才分もあるって先生も褒めてます」

「浩一郎はどんな男だ」

「お茶目なところのある明るい人です。でも、時々、妙に沈んでいるのを見るの。きっと、自分に焼き物作りの才分がないのを苦しんでるんだと思う。せっかく、染め物から焼き物に進む道を変えたのに、どちらも芽が出そうにないらしいの」

「浩一郎は染め物をやっていたのか」

「ええ、むかしは伊賀国で和更紗っていう染め物をやっていたそうです。たしか、ほてい屋さんってお店の職人さんだったみたいです。でも、あの道も苦労が多いらしくて……焼き物も大変みたいですけどね」

和更紗は天竺や暹羅《シャム》（タイ）から渡来する更紗があまりにも高価なために、これを真似して作り出した和製の更紗染めであった。

鳳来屋でも古渡り更紗の布が使われていた。異国の文様に執心する弄山は更紗も好んでいるはずだった。伊賀国と伊勢国は隣国である。そんなつながりで浩一郎は弄山に入門したのかもしれない。

「浩一郎はいい男じゃないか。どうだ、あんな男が作陶の道に進むのを支えるなんていうのは」

「うーん、たしかにいい人なんだけど、いい人過ぎるのね。ちょっぴり悪い人のほうがモテますよ。あたしは浩一郎さんより多田先生みたいな男の人がいいなぁ」

油断をすると、お涼はすぐに自分を売り込む。

「ところで、亡くなった河原田内膳さまのことについて何か訊いていないか」

「あ、それも変なんですよ。お富さんの話だと、内膳っていうお武家さま、亡くなる前は月に一度くらいは顔を出していたらしいんです。でも、亡くなったばかりだからなのか、誰もその話をしないんです。あたしが一度、鳳来屋さんでのことを口に出したら、館次郎さんも浩一郎さんも何も言わないで睨むんです。すっごく怖い顔で……」

「ほう、弄山さんが主催した宴で殺されたからではないのか」

「そうかもしれません……とにかく内膳って人の話は鬼門って感じです」

「それは気になるな」

「まぁ、あんまり気にしないほうがいいかもしれませんね。だって窯場って神聖なところだから、人死にみたいな不吉な話をするほうが悪いんでしょう」

「窯場は神聖なんだな」

「そうですよ。陶物師は窯場には火の神さまがおわすと信じていますから」

「なんだか、いっぱしの陶物師みたいなことを言うな。やはり、浩一郎を狙ったらどうだ」

「もう、あたしが、こうして西も東もわからない陶物師のお宅なんかに潜り込んでるのも、多田先生に喜んでもらいたいからじゃないの」

眉間に縦じわを寄せてお涼は歯を剝き出した。

「要するに沼波家には何の騒ぎもなく、問題のあるような人物はいないんだな」

「はい、その通りです」

紋切り型の声に怒りがあらわれている。

「ご苦労だった。また、何かわかったら伝えてくれ。小梅からなら甚五左衛門の屋敷も同じくらいの道のりだ。あちらへも顔を出していいんだぞ」

「もう、多田先生なんて大嫌いっ」

「そう言うな……これで広小路で甘い物でも食べていってくれ」

文治郎は懐紙に小粒銀を包んでお涼に渡した。銀一匁《もんめ》、大工の日当の半分近く。甘い物なら食べきれぬ金高だ。

「一緒に食べに行きましょうよ」

「駄目だ。もし、お涼とわたしが一緒にいるところを沼波家の者に見られたら怪しまれる」

こんなに筋の通った話はないのだが、お涼には通じなかった。

「知らないっ」

お涼は踵《きびす》を返すと、土間で草履を突っかけて走り出した。

ピシャッと引き戸を叩きつける音が響いた。

4

お涼が怒りに任せて叩きつけた戸口を、その後一刻ほどして文治郎は出た。

漢書を求めに日本橋に出かけたのだが、運がよければ杉田玄白に会えないかと考えたのである。

日本橋通り四丁目の玄白の家に行くと、おりよく患者もいなかった。

「本日休業」の木札を戸口に掲げて、玄白は後を従いて来た。

文治郎は近くの居見世（料理を店内で食べさせる店）の蕎麦屋に連れていって、一杯やることにした。

「杉田さん、先日はお世話になりました」

文治郎は徳利を差し出した。

白磁に呉須で松竹梅文を描いた瓢《ひさご》形の徳利だが、なんと稚拙な絵柄だろうと、文治郎は悲しくなった。もっとも弄山の酒器と蕎麦屋の徳利を比べるほうが間違っている。

「どうですか。あれから何かわかりましたか」

口元に杯を持っていって干してから、玄白は身を乗り出して訊いた。

「それが……どうもぱっとしたことが少しも見つからないんですよ」

文治郎は歯切れ悪く答えるしかなかった。

「わたしはもう一度、毒について調べてみました。やはりあれは草木の毒だと思います。急激な下痢を起こすくらいの毒はいくらでもあります。煎じ詰めて毒の濃い液を作るのも難しいことではない。素人でも容易にできることです」

文治郎はふたたび、玄白の杯を酒で満たした。

「もっともあのとき言ったヒガンバナの根などは飢饉のときに食べているとの話も読みましたので、実際にはそれほど強くないのかもしれません。ただ、アセビの煎じ汁などは厠の便槽に入れてウジを殺すのに使ってるようです。サワギキョウも江東のほうにはたくさん生えているようですから手に入れるのは容易《たやす》いでしょう」

玄白はさわやかな口調に不釣り合いな話を続けた。

「なるほど。サワギキョウの疑いが強くなりましたね。ところで、ひとつ伺おうと思っていたのですが、内膳さまは首に火箸を刺されて死んでいましたが、血も流さずあんなにきれいに……というと言葉がおかしいですが、殺すことができるものでしょうか」

「人の首には血の筋のほかに、生命に関わる筋があるのです。詳しいことは勉強中なのですが、その筋を痛めると直ちに心ノ臓や息が止まってしまうこともあります」

「そんな筋があるのですか」

諸学に詳しい文治郎だが、医術については素人だった。

「はい。突き刺しても血が出るわけではないので、多くの人は知らぬのです」

「賊は医術に詳しく、そんな筋のことを知っていたのでしょうか」

「いや、知っているとは思えませぬ。蘭方医でも一部の者しか知らぬことです。ただ、首の血筋を切れば恐ろしい量の血が出て人が死ぬことは誰もが知っている。賊は血筋を切ろうとして、たまたまほかの筋を切ったものと考えております」

「とすれば、賊は武術の達人というわけでもなさそうですね」

「ええ、人の頭から首にかけては急所だらけです。あんな風に鋭利に尖らせた火箸で突けばあっという間に絶命させることのできる急所はいくつもあります」

「ところで、今日はひとつお願いがあってお伺いしました」

文治郎はいちばん大事な話を切り出した。

「どんなことでしょう」

「沼波弄山さんの弟子に竹川政信という男がおります。小梅の弄山さんの家に住み込んでいるのですが、この男が一年半前に怪我をして身体が利かなくなってしまいました。いまは歩くのもやっとです。そのために弄山さんの一番弟子だった政信は作陶をあきらめざるを得なくなってしまいました」

「ああ、それは気の毒な」

玄白はかるく目を伏せた。

「この怪我をほかの弟子が崖から落ちたためと言っているのですが、わたしにはどうも腑に落ちません」

「崖から落ちて、身体が利かなくなることはじゅうぶんに考えられますよ」

「いや、医術的な面から言っているのではなく、どうも本当のわけを隠しているようなのです」

「なるほど……」

「そこで、大変ご迷惑だとは思いますが、一年半前に政信を診た医者の先生を探し出して頂けないでしょうか。それだけの大怪我ですから、医者を呼ばなかったはずはないと思っているのです」

「きちんと療治しなければ生命に関わるような怪我だったでしょうからね」

「そうなのです。その先生なら、本当に崖から落ちたような怪我なのか、あるいはもっとほかの理由で怪我をしたのかをご存じだと思うのです」

「無理なことではないと思います。小梅あたりまで往診する医者は少ないですから、医者仲間に声を掛けてみます」

「ありがたい。調べるについてかかった費用などはお支払い致しますので」

そのあたりの金は下野守が支払ってくれる。

「いや、金など要りませんよ。わたしも内膳さまの死を見届けたわけですから、此度の件の謎はぜひ解いて頂きたいので」

玄白はさらっと言って微笑んだ。

「感謝します。どうかよろしくお願いします」

文治郎は両手を合わせた。

蕎麦がやってきた。歯ごたえは悪くなく、二人はしばし黙ってたぐり続けた。

二人ともほろ酔い加減となったところで、店を出てすぐに文治郎に玄白と別れた。

文治郎は日本橋を渡って買い物客で賑わう室町まで歩いてきた。

ある小間物屋の前で文治郎は足を止めた。

見覚えのある横顔が、紺色ののれんの下に立っている。いちばん年下の踊り子、お菊だった。

文治郎はあわててお菊に駆け寄っていって声を掛けた。

「あれっ、お菊ちゃんじゃないか」

お菊はびっくりしたようにこちらを向いたが、すぐにぱっと明るい笑顔を見せた。

「あら、多田先生。お買い物ですか」

「いや、蕎麦をたぐってきたんだ」

「あたしは三味線のお師匠さんの帰りなの」

「ねぇ、お菊ちゃん。ちょっとの間、顔を貸してくれないかな。またなんか奢るよ」

文治郎は気を引くように言った。

「えー、あたしを口説くつもり」

踊り子だけあってあどけない顔でませたことを言う。

「いやいや、この前のことで話を聞かせてほしいんだ」

「なんだ。つまらないの」

お菊は頬をふくらませる振りをしてみせた。

「まぁ、そう言わずつきあってくれよ」

「先生とだったら、大川端まで行っちゃおうかなぁ」

「酔狂じゃないか。いま時分は川風が冷たいよ」

「でもぉ、都鳥でも眺めながら、船宿のこたつで一杯なんて粋でしょ」

「こら、あんまりませたこと言うな」

文治郎はお菊の頭をこづく真似をした。

「へへへ……でも、この界隈は立派なお店ばっかりだから、裏通りに行きましょ」

二人は裏通りにある葦簀張りの団子屋に入った。露天で縁台しかないような店である。船宿にしけ込むのとはほど遠い。

「お団子大好きなの」

「いくらでもお食べ。わたしは蕎麦を食ってきたから茶だけでいいんだ」

「多田先生、いつもありがとう」

団子を頬張るお菊は、さっきの態度とは打って変わってまるきりの子どもに見えた。

「訊きたい話があるんだ」

「なぁに、何でも答えちゃう」

茶をすすってお菊はにっこりと微笑んだ。

「あのさ。この前、両国で会ったときのことなんだけど、弄山さんのお弟子さんが来たお座敷に出たことがあるかと訊いたよね」

「ええ、覚えているわ」

「お妙さんが二度ほどあるって答えていたときに、お菊ちゃんさ、あの娘《こ》の顔をじっと見てたじゃないか」

「よく見てるのね」

お菊は目を丸くした。

「なんでかな、と思ってさ。わけを教えてくれないか」

「あたしから聞いたって言わないでよ」

「言うはずないだろ」

「あたしと先生の秘密よ」

お菊は小指を出した。

いい歳をして、文治郎は人前で指切りげんまんをさせられた。

「あのね。お妙姐さん、弄山先生のお弟子さんの誰かのことが好きなのよ」

「なんだって」

文治郎の声は裏返った。

「一回目のときに知り合って、たぶんどこかでたまたま出逢ったんでしょうね。いまのあたしたちみたいに」

いたずらっぽく自分を見つめるお菊を無視して、文治郎は問いを続けた。

「で、二回目のときにわかったのかい」

「わかるわよ。二回目に弄山先生のお弟子さんたちのお座敷に呼ばれたときには、朝からそわそわしてたんだから。それにね。お座敷でだって三度も弾き間違えたのよ。お妙姐さんってすごく芸に厳しいから、そんなこと後にも先にもない。あれは好きな人が目の前にいるからだって、あたしぴんときたの」

「女心ってやつは可愛いもんだな」

「お妙姐さん、実は四人の中でいちばん初心《うぶ》っていうか、ひたむきなのよ」

真面目な顔でお菊は言った。

「そうか。お菊ちゃんとは違うってわけだな」

「やだ。あたしは二番目っ」

お菊はきゃっきゃっと笑った。

「本気になったら火だるまみたいになる女は、世に少なくないからな」

「そんな女の祟りは怖いよ」

両手を前に垂らして、お菊は芝居の幽霊のような仕草をしてみせた。

「お菊ちゃんは本当にませてるな」

「あたし、もう十六よ」

お菊は鼻をうごめかした。

「ほう」

「なによ、言うに事欠いてそのお返事は」

この娘もどこかお涼と似たところがあるなと文治郎は感じていた。

「それで、三人のお弟子、竹川政信、柿沼館次郎、沢本浩一郎、どのお弟子さんに惚れていたんだい」

期待に胸を弾ませて、文治郎は訊いた。

「うーん、わかんない。だいいち三人ともあたしの好みじゃなかったから」

「若いほうとか、才気走ってるとか、身体の悪い人とか」

「身体の悪い人ってなに」

お菊はきょとんとして訊いた。きっと、この娘が会ったときには、政信はまだ怪我をしていなかったのだ。

「いや、忘れてくれ」

「変なの……」

「で、その男とはつきあってるのかい」

「どうかしら。姐さんが外へ出るとき、後を付けてるわけじゃないしね」

お菊は本当に知らないようだった。

「ところでね、先日のお座敷でもそうなんだけど、演ずる曲の順番って決まってるのかな」

「そうでもない。初めと終わりは決めてあるけど、お客さまのごようすを見ながら、変えることはあるよ」

「客のようすってなんのことだい」

「派手な明るい曲がうけてるならそういう曲を増やすし、しんみりとしたものがお好きだと思ったら、そんな曲を演ずるの。たとえば『高尾さんげ』なんて話が暗いじゃない」

「たしかにそうだ」

八百屋お七が、高尾太夫の塚の前を通りかかると、高尾の霊が現れる。高尾は廓のよき思い出を語り、灯籠踊りの音頭などを踊る。最後に、いまの地獄の責め苦を物語って消えるという至って暗い筋だった。だが、この曲は新吉原でも大変な人気があった。

「だからあの日は『高尾さんげ』のなかから『もみぢ葉』の段だけを演《や》ったの」

「わたしたちは明るい客というわけだね」

「ええ、踊り出したお客さまもいたじゃない」

鈴木次郎兵衛のことだ。

「それで次に何の曲を掛けるか、お菊ちゃんたちはどうやって知るんだい」

「もちろん、お妙姐さんの三味よ。曲の頭を聴けば何を演るかはすぐわかるから」

「なるほど、それでお初さんが歌い始めて、お菊ちゃんたちも心の備えができるというわけか」

「そ。そういうこと」

「あの日の流れはどうだったかな」

「すごくなめらかに進んだと思うな。どうだったかしら」

「うん、すごくよかったよ」

文治郎が本音で褒めると、お菊は嬉しそうに笑った。

「朝から鳳来屋さんに行ってお稽古した甲斐がある」

「お藤ちゃんの出来がいまひとつだったっておお妙さん言ってたね」

「そうでもないと思うの。お藤ちゃんってあたしよりひとつ上だけど、踊りを始めたのは七つのときであたしより二年も遅いのよ」

「え、お菊ちゃん、五つから踊りをやっているのかい」

「そうよ、もうすぐ干支がひとまわりなんだから」

お菊は胸を張った。

「わたしもお菊ちゃんのやわらかい手の動きや腰づかいはすごいと思っていたんだ」

「多田先生ってほんとにお上手ね」

お菊は心底嬉しそうな声を出した。

「いいや、本音だよ。で、話を戻すけど、あの日お藤ちゃんの出来は悪くなかったのかな」

「ええ、いつもとそう変わらないと思ってたんだけど、お妙姐さんは認めなくて、朝からあの離れでお稽古させて頂くことになったの」

「なるほど、やっぱりお妙さんは芸道に厳しいんだな」

「まぁ、とにかく真面目なの。お妙姐さんは」

どこかしんみりとした口調でお菊は言った。

新しい茶を頼んで飲み始めたそのときだった。

「あら、多田先生……」

若い女の声で呼ばれて、声のするほうを見た文治郎の心ノ臓は止まりそうになった。

店の前にお涼が立っている。

「お涼……どうしてここに」

「うちの先生のお使いで、お買い物に来ただけです」

お涼は近寄ってきて、文治郎とお菊の顔を交互にジロジロ眺めている。

「それより多田先生こそなんでこんなところにいるのよ」

「昼の日中に室町にいるのがおかしいか」

「やだ、お酒臭い」

お涼はわざとらしく自分の鼻をつまんだ。

「い、いや……違う。これは仕事なんだ」

文治郎はあわてて顔の前で手を振った。

「真っ昼間っから、きれいな踊り子さんとお酒飲むのが、多田先生のお仕事だったなんて、少しも存じませんでした」

お涼はトゲのある声でトゲのある言葉を吐いた。

「誤解だよ」

「多田先生は難しい学問を修めた立派な学者さんだって伺ってました。だから、先生をお頼りして相州から江戸へ出てきたのに」

「お、おい」

文治郎の声はかすれた。

「早く戻らなきゃいけないので、あたしはこれで。お楽しみのところ失礼致しました」

言葉を叩きつけると、かたちだけは丁寧なお辞儀をして、お涼は背中を向けた。

文治郎は人混みに紛れてゆくお涼の後ろ姿を呆然と見送った。

「なぁに、あの女。すごく感じ悪い」

お菊は目いっぱい顔をしかめた。

「いや、ちょっと知り合いの娘でね」

「それにしても、小女なんて趣味悪いね」

お菊は吐き捨てるように言った。たしかに踊り子などの粋筋からすれば、素人衆、なかでも下女などに入れ込むのは野暮の骨頂ということになろう。

「い、いや。そういうんじゃないんだ」

文治郎はふたたび顔の前で手を振った。

「だって相州から多田先生を頼って江戸へ出てきたんでしょ」

「意味が違う」

だが、お菊は聞く耳を持たなかった。

「あたし田舎もんって大嫌い」

「お菊ちゃんは生粋の江戸っ子かい」

「多町《たちょう》の生まれだもん。親代々多町よ」

千代田のお城のすぐ北で青物商の多いところである。

「へぇ、そりゃあすごい」

文治郎の言葉を無視してお菊はさっと立ち上がった。

「それではまたお座敷で。ごちそうさまでしたぁ」

頭を下げてお菊はくるっと踵を返すとさっさと縁台を離れた。

走り出したお菊はすぐに通りの人混みの中に消えていった。

「はて……なんで俺がこんなに肩身の狭い思いをしなければならないんだ」

文治郎はお菊の去ったほうを眺めながら独りごちていた。

二人の娘のことは別に何とも思っているわけではない。板挟みになってあたふたしていた自分がおかしくなって文治郎は笑った。

ともあれ大収穫があった。

踊り子のお妙と弄山の弟子の誰かが想い合っていた。これは何かを意味しているのかもしれない。そのあたりをなんとかお涼に探らせよう。

「あ……」

その前にお涼の誤解を解かなければならない。いまの立ち去り方ではしばらく口をきいてくれそうにない。

なぜこんなに気苦労をしなければならないのか。笑い事では済まなかった。

文治郎は茶碗に残っていた茶を飲み干した。

薄いほうじ茶が、文治郎にはやたらと苦く感じられた。

通りから吹いてくる風が、葦簀を揺らしてはたはたと鳴った。いつの間にか睦月も下旬に入っていた。そろそろ春一番が吹く頃だった。

第三章　縁

1

月があらたまって如月《きさらぎ》に入った。

寒さのゆるむ日が増えてきて、木々の芽も膨らみ始めた。

河原田内膳の周囲を洗うと言った甚五左衛門からも新しい話は何ひとつ入ってこなかった。文治郎は遅々として進まぬ調べにいらだちを隠せぬ日々を送っていた。

お涼もあれ以来、うんともすんとも言ってこない。一度、ご馳走でもして強ばっているであろう心をほぐす必要があるのかもしれない。

朔日《ついたち》の今朝、文治郎は浅草寺門前の奈良茶飯の店に、弄山の三番弟子である沢本浩一郎を呼び出した。甚五左衛門に頼んで、半ば強制的に来てもらったのである。

沼波家にはなにかが隠されている。

今日の席は文治郎にとっては真剣勝負のつもりだった。三人の弟子の中でもっとも若く、いちばん揺らぎそうな浩一郎を選んだのだった。

「わざわざお呼び立てして申し訳ありません」

文治郎はにこやかに切り出した。

「いえ……でも、なんでわたしをお呼びになったのかわかりません」

浩一郎は涼しい目元に不安の影を宿していた。

奈良茶飯は米に大豆や小豆などの穀物や野菜を混ぜて塩を加えた茶で炊いた飯である。もともとは奈良の興福寺や東大寺などで始まった料理だが、江戸では古くから浅草寺門前の名物となっていた。

酒も飲むつもりだったが、飯を肴に飲んでも酒が進むものではなかった。ただ、この店は静かな部屋が取れる数少ない居見世だった。

奈良茶飯が炊き上がるまで、香の物で一杯やってつなぐことにした。

「兄弟子の竹川政信さんは崖から落ちて怪我をしたのではありませんね」

酒を注ぎながら唐突に発した文治郎の問いかけに、浩一郎は一瞬息を呑んだ。

「な、なぜそんなことをおっしゃるんですか」

「一年半前の政信さんの怪我を診た浅草の医者が、崖から落ちた怪我ではない。何者かに木剣かなにかでひどく殴り続けられたために身体が利かなくなった。そう言っているのです」

つい一昨日、玄白が伝えてきた話だった。

「あなたはそんなことまでお調べになったのですか……」

浩一郎の声はかすれた。

「やはり間違いないのですね」

文治郎が畳みかけると、浩一郎は観念したように口を開いた。

「はい、一年半前の夏の夜、兄弟子とわたしは多額の売上金を日本橋の店から小梅に運んでいました。その途中、小梅堤でいきなり暴漢に襲われたのです。暗闇のなか賊は木剣のようなもので打ちかかってきました」

唇を舐めて浩一郎は言葉を継いだ。

「わたしは生命あっての物種と一目散に逃げ出しました。が、兄弟子は生真面目な性分です。弄山先生に申し訳が立たないと思ったのでしょう。賊の袖をつかんで離さなかったのです。怒った賊は兄弟子に何度も何度も木剣を振りおろしたのです」

「恐ろしかったでしょう」

「わたしはあんなに恐ろしい目に遭ったことはありません。木剣が肉に食い込む音や骨を折る音がいまも耳から離れないのです」

浩一郎はぶるっと身体を震わせた。

「襲われた次第はわかりました。なぜ、町方に届け出なかったのですか」

「なんですって」

浩一郎は目をしばたたいた。

「あなた方が襲われたことを、弄山さんは町方に届け出てはいませんね」

これは甚五左衛門を通じて下野守が調べてくれていた。

「そのこともお調べになったとは……」

浩一郎の声は乾いた。

「はい。必要な事柄はすべて調べます」

文治郎はあえて冷たく言い放った。

「弄山先生のお考えです」

「どのようなお考えですか」

「先生は、ろくな警固もつけずに陽が落ちてから二人だけで小梅堤を大金を持って歩かせたことをひどく後悔なさいました。そのために兄弟子があんな身体になってしまったことを我がことのように苦しみ、ご自分の罪だとお考えでした」

いですか」

「それらならば、なおのこと、お上に訴え出て凶徒を明らかにすべきだったのではないですか」

浩一郎は冴えない顔で首を振った。

「ところが、兄弟子はお上に訴え出たら、御数寄屋御用を承っている弄山窯の名に傷が付くと言い出したのです。弄山窯の茶器の世評には一点の曇りもあってはならないという考えでした」

「なるほど、将軍家がお使い遊ばす茶器はめでたい上にもめでたかるべきものですね。その茶器を献上する窯元に不祥事があったというのは、たしかにあまり芳しい話ではないでしょうな」

「はい……。兄弟子は怪我をしたのも自分が悪いのだから、先生に、この一件を公にしないでほしいと何度も頼み込みました。それゆえ、先生も届け出をおあきらめになったのです」

目を伏せて浩一郎は唇をかみしめた。

お涼が政信の怪我の一件に触れたときに、浩一郎が態度を硬化させたのはこのためだったのか……。

「どうやって、その場所から政信さんをお宅まで運んだのですか」

文治郎は意地の悪い問いを発した。

「おっしゃっている意味がよくわかりませんが……」

浩一郎は首を傾げた。

「その医者は、瀕死の政信さんをお宅の座敷で診たと言っています。ずいぶんな道のりを、動けなくなった政信さんを運んだわけですよね」

「ああ、それは……わたしが戻って館次郎さんや下女たちに伝え、大八車に兄弟子を乗せて運んできたのです」

「なるほど……それで医者の懸命の手当てで一命は取り留めたが、右の手足が自在に動かなくなってしまったのですね」

「はい、弄山先生は毎日泣いておられました」

「政信さんは弄山さんを恨んだのですか」

この問いに浩一郎は驚きの表情を浮かべた。

「どうしてですか」

「だって、弄山さんご自身もおっしゃっているように、弄山さんの下命でお金を運んでいて襲われたわけですから」

「それは先生がああいう情の深い方だからご自分をお責めになっているだけのことです」

「あなたは弄山さんに責めはないとお考えなのですね」

「あたりまえです。悪いのは盗賊ではありませんか」

浩一郎は憤然と鼻から息を吐いた。

「政信さんも同じお考えですか」

「もちろんですよ」

口元に怒りが見える。お涼が言っていたように浩一郎たちは弄山を神とも崇めているのだ。

「わかりました。ところで一番弟子ということは政信さんは作陶の技もいちばんすぐれていたのですよね」

「もちろんです。先生は政信さんには天性の才があると仰せです」

「館次郎さんは劣るのですか」

「いいえ、決して劣るわけではありません。が、館次郎さんの作風は几帳面で、政信さんのような闊達さが足りぬと仰せです」

浩一郎は大きく首を振った。

「あなたの技はどうなんですか」

「わたしはまだまだヒヨコですから……まずは技を身につけなきゃ」

頭を掻きながら、浩一郎は恥じらいの表情を見せた。

「なるほど……ところで、賊の見当は付いているのですか」

文治郎は不意打ちを掛けた。

「は……いえ、結局わかりませんでした。日本橋の店から後を付けてきた男ではないでしょうか」

「どうして男とわかるのですか」

「え……」

浩一郎は絶句した。

「だって真っ暗だったのでしょう」

「それでも燃えた提灯《ちょうちん》の明かりで身体つきは見ています。岩のような身体つきの大男でした」

きっぱりと浩一郎は言い切った。

「なるほどね。その憎き賊が何者かだって、町方に届け出たら調べが付いたのではないですか。仇討ちができたのではないですか」

「我々は陶物師です。お武家とは違って仇討ちなどはできません」

とんでもないという風に浩一郎は首を横に振った。

浩一郎の話は虚実ない交ぜだと文治郎は感じていた。いまの話から真実だけを選び取るのはきわめて難しい作業だった。

すべてを嘘で固めた場合のほうが真実は見えてきやすい。語っていることとの反対の場所に真実があるからだ。しかし、虚実を交ぜられると真実のありどころは本当にわかりにくくなってしまうのだ。

「ところで話は変わりますが、浩一郎さんは、むかし染め物師だったそうですね。伊賀国のほてい屋さんというお店で和更紗を染めていたと聞いています」

「よくご存じですね」

浩一郎は目を丸くした。

「先ほども言いましたが、調べるべきことは調べます」

「そうです。染め物を五年やってましたが、自分には向かないと苦しんでいました。そこへたまたま弄山先生の御作を拝見する機会があって、一目で感動して弟子入りさせて頂いたのです」

「ところで、お妙さんはお元気ですか」

何気ない調子で、ふたたび文治郎は不意打ちを食らわした。

浩一郎の顔は見物だった。

あんぐり口を開けて顔から血の気が引いた。

身体は小刻みに震え、額からもどっと汗が噴き出した。

「どなたのことですか」

喉の奥から浩一郎は声を出した。

「日本橋の踊り子さんですよ。ほら、例の一件のあった日、鳳来屋に来ていた」

「その踊り子さんがなにか……」

浩一郎はなんとか平静さを取り戻そうとしていた。

「あ。ご存じないならいいんです。いや、お弟子さんのなかでお妙さんといい仲の人がいるような話をちょっと聞き込んだものですから」

「わたしはそんな方は存じません」

浩一郎は強い口調で突っぱねた。

女中が炊きたての奈良茶飯としじみ汁の入った盆を持ってきた。

「さぁ、来ましたよ」

文治郎は明るい声を出したが、浩一郎は箸をとろうともしなかった。

しばらく気まずい時が流れ、浩一郎は悄然と帰っていった。

今日聞けることはすべて聞けたと思った。

文治郎は確信した。やはり、政信の怪我には隠さなければいけない事情がある。

だが、真相はまだ闇の中だった。お妙が誰を思慕していたのかもはっきりとはしない。また、実際に男女の仲だったのかも判然としなかった。

さらに、もしつきあっていたとしても、二人とも独り身のはずである。隠す必要もなければ、脅えるいわれもない。身分だって歳だって釣り合う二人である。

文治郎は、政信の怪我の真相にこそ、此度の一件をひもとく事実が潜んでいると思っていた。ただ、本人に訊いたところで絶対に口を割ることはあるまい。

これまた真相は語らないとは思うが、柿沼館次郎からも話を聞く必要があることは間違いがなかった。

浩一郎の態度は解せなかった。

ただ、浩一郎はかつて染め物師であった……。

文治郎は猪口を手にしたまま、いつまでも考え込んでいた。窓から差し込む冬の陽差しを時おり雲が遮っていた。

2

窓の外では小雪がちらついている。

昨日、浩一郎を呼び出した浅草の奈良茶飯屋「さわもと」に、今日は柿沼館次郎を呼び出していた。

小梅村の近くには立派な会亭か葦簀張りの茶屋しかなかったし、弄山邸にあまり近いところでは、話しにくかろうと考えたのである。浩一郎から館次郎に声を掛けてもらった。

「一杯やりましょうか」

文治郎が徳利を差し出すと、館次郎は微笑みを浮かべて首を横に振った。

「いや、わたしは酒をたしなみませんので」

「では、茶飯が炊き上がるのを待つ間、ちょっとお話を伺いたいのですが」

「わたしに何をお聞きになりたいのですか」

館次郎は眉間にしわを寄せて、いささかきつい目で文治郎を見据えた。

「いや、あまり構えないでください。正直、今回の一件では何も手掛かりがなく難儀しております」

「とはいえ、あの日、河原田さまが凶刃に斃れたことに、弄山窯の者は関わりがないと思いますが」

「そうでしょうか。弄山先生がお開きになった会食の場で凶事は起こったのです。弄山窯の皆さまと関わりがないと断言するだけの材料がわたしにはありません」

「では、多田先生は我らをお疑いですか。でも、あの日わたしと浩一郎は、厠にいらした河原田さまを襲うことなどできませんでしたよ。そのことは多田先生も、あの日、ほかのお供の方たちからお確かめになったはずではありませんか」

静かな声音だが、館次郎の声には不快さがこもっていた。

「勘違いしないでください。もちろん、お二人や政信さんを疑っているわけではありません。でも、賊がわざわざあの日の会食の場を狙ったことに意味があると考えているのですよ」

「なるほど……」

いたずらに反論を繰り返さず、黙してじっと文治郎の態度を見極めようとする館次郎は考え深い男と見えた。

文治郎もゆるやかな問いを続けようと思い直した。

「ところで、館次郎さんも伊勢国のご出身ですか」

「はい、わたしも北勢の生まれです。もともとは陶器商の道を志しておりましたが、縁あって弄山先生に入門してはや十五年になります」

「江戸へはいつ見えたのですか」

「小梅に窯をお築きになったときに桑名から呼ばれてお手伝いさせて頂きました。三人の弟子は皆、同じように小向の頃から先生にお世話になっています」

「では皆さんずっとご一緒なのですね」

「はい、下女の二人を除いては皆、八年はこの小梅に住まっております」

「桑名の小向窯は閉じてしまったのですよね」

「そうです。公方さまのお力添えで小梅の窯が栄えたので、先生はもう桑名にはお帰りになるおつもりはないようです」

館次郎は穏やかさを取り戻していた。

「お弟子さんたちのことですが、まず竹川政信さんなんですが、どんな方ですか」

「兄弟子は大変にすぐれた陶工です。それこそ、わたしなどとは段違いの腕を持っていました。人柄も穏やかでわたしたちにもとてもよくしてくれていました」

館次郎の瞳は澄んでいた。政信への妬心などは感じられぬように文治郎には感じられた。

「弄山さんも、政信さんの将来を嘱望なさっていたのでしょうね」

「そうです。先生も兄弟子を弄山窯の跡継ぎとしてお考えだったと思います。ところが……あんなことになってしまって……」

館次郎はつらそうに目を伏せた。

「政信さんが襲われたときのことを伺ってもよろしいですか」

「多田先生は、わたしたちが言い訳にしていた崖から落ちたという嘘を見破られたそうですね」

館次郎はぎこちない笑いを浮かべた。

「浩一郎さんから聞きましたか」

「はい。まことに申し訳ないことですが、先生のお心をお察しすると、とても本当のことは口にできなかったのです」

「では、真実をすべてお話しくださいますね」

「はい……あれは一年半前の八月の肌寒い夜でした。兄弟子たちが襲われたのは弄山窯とは目と鼻の先の場所なのです。あと少しで無事に帰ることができたのにと思うといまだに悔しくてなりません。あの晩、わたしが轆轤《ろくろ》場《ば》の掃除をしていると、表で浩一郎が叫ぶ声がしました……」

館次郎は、続けて詳しく、その日のできごとを語った。大要において浩一郎の話と食い違いはなかった。

ところが、館次郎はひと言だけ言わずもがなの言葉を発した。

「わたしが駆けつけたときには、兄弟子はすっかり虫の息でした。月の光のせいでもなく、真っ青な死人のような顔色でした。右頬もザクロのように肉が割れて、真っ赤な血が噴き出ておりました」

そんなはずはない。

浩一郎は闇夜に襲われたと言っていたのだ。闇夜で襲われたはずなのに、館次郎は月光で顔の色まで見えたと言う。

では、襲われてから館次郎が駆けつけるまでに月が昇ったのか。

浩一郎や館次郎にはあえて言わなかったが、浅草の医者が弄山から呼ばれて小梅に駆けつけた日は彼岸の入りの五日前と言っていた。

暦で確かめたが、一昨年の彼岸の入りは八月二十七日だ。政信が襲われたのは八月二十二日である。

深更に上弦の月が昇る頃であり、陽が沈んですぐの頃に月が出ているはずはない。ましてや、月光で顔色などが見えるはずもないのだ。

館次郎は嘘をついている。

しかし、二人がともに偽りごとを言っていると文治郎は考えていた。

そもそも、政信が小梅堤で盗賊に襲われて金を奪われたなどという話自体が真っ赤な嘘なのだ。

昨日、不意打ちを食らわせたときに、浩一郎はとっさの作り話を申し立てたのだ。今日も同じ問いをぶつけられると考えた浩一郎は、弄山窯に帰ってから館次郎と打ち合わせたに相違ない。だが、月のことまで考えが及ばなかったものに相違ない。

あるいは、館次郎が政信の顔を見たときには上弦月が昇っていたのかもしれない。

初めに崖から落ちたと嘘を言い、矛盾を突くと盗賊に襲われたと嘘を重ねる。政信が襲われたわけをどうしても隠さねばならぬ理由があるのだ。

しかし、ここでその矛盾を問い詰めれば、館次郎は警戒して口をつぐんでしまうだろう。文治郎はあえて気づかぬふりをして問いを重ねた。

「それは驚いたでしょう」

「ええ、肝を潰したというのは、まさにああいうことですね」

「それから岡瀬榕庵《ようあん》という医者を呼んだのですね」

「取るものも取りあえず兄弟子を大八車で弄山窯に運びました。浩一郎と下女の二人を浅草に遣わし、いつも診て頂いている榕庵先生をお呼びしたのです。ところが、先生はお留守で早駕籠で来て頂けたのはかなり遅い刻限でした」

「そうですってね」

ほかの出療治があって帰宅したのは夜も更けてからだと、榕庵から聞いている。

「先生がお越しになったときには政信は半分死にかけていました。榕庵先生が懸命に療治して下さったおかげで兄弟子は辛くも生命を取り留めたのです」

館次郎はそのときを思い出したのか、こわばった顔つきで答えた。

「政信さんは人から恨まれているようなことはありませんでしたか」

「兄弟子がですか」

館次郎の声が裏返った。

「ええ、もし誰かに恨まれていたせいで襲われたのだとしたら……」

文治郎はあえてあまり考えていないことを突きつけてみた。

「とんでもない。あの賊は金目当てです。さっきも申しましたが、兄弟子はとても穏やかで人にやさしい男です。人に好かれるようなことはあっても、嫌われるようなことは……」

「いい人がいたのですか」

「いえ……とくにそういうわけでは」

館次郎は言葉を呑み込んだ。

「浩一郎さんはどんなお弟子さんですか」

　文治郎は問いを変えた。

「あれは真面目一途の男です。いまはまだ修業中ですが、大変に熱心なので、やがてはひとかどの陶工になると思っています。人柄も明るく先生はもちろん、我々に対してもいつも恭敬で、ひたすらに尽くしてくれています」

「政信さんとの仲もよかったのですね」

「もちろんです。兄弟子は浩一郎を実の弟のように可愛がっておりました」

「女のことはどうでしょう」

「は……」

　館次郎は言葉を詰まらせた。

「浩一郎さんにいい人はいませんでしたか」

「はて……」

「いたのなら教えて下さい」

「お互いにそういったことには触れぬようにしておりますので」

　館次郎の顔つきからは、真実を語ることはないと思われた。が、やはり浩一郎には女がいるらしい。

「あなたはどうなんですか」

「生来わたしは不調法ですので、そういったことは……」

これは嘘ではなさそうに思えた。

「さて、肝心の河原田内膳さまのことについてなのですが」

「それにつきましては先日、小梅にお越し頂いたときに、先生と兄弟子からお伝えしたことのほかには、とくにお話しするようなことはございません」

「内膳さまを恨んでいる人はいませんでしたか」

「いや、恨むというほどではないですね。兄弟子もわたしも好いてはおりませんでしたが……」

「それはやはり、この前のお話のように、内膳さまが弄山先生の御作を金としか見ていないからですね」

「仰せの通りです」

「館次郎さんはどう考えているのですか」

「同じ考えです」

館次郎の顔は表情を失っていた。内膳については弄山窯の全員が同じ答えを返すことになっているのだと確信できた。

その後、いくつか問いを重ねたが、はかばかしい答えは得られなかった。

文治郎は館次郎の尋問を終えることにした。

炊き上がった奈良茶飯を食べて、二人は店の戸口で別れた。

文治郎のこころの中でもやもやしたものがうごめいていた。

だが、その輪郭はまだはっきりと浮かんではこなかった。

棒手振の小商人、使い走りのお店の小僧、下女を連れた商家の娘、江戸見物の勤番侍。たくさんの人が行き交う浅草広小路を、文治郎は懐手をしながら、ぼんやりと歩いていた。

「貧《ひん》の盗みに恋の歌……」

文治郎は考えに行き詰まったときに口にする言葉をつぶやいた。

貧しさに耐えられなくなれば盗癖のない者も盗みを働くし、恋に迷えば歌心のない者も歌を詠む。追い詰められればどんなことでもする、人という生き物の悲しい性《さが》をよくあらわしたことわざである。

「謎解く鍵は人の心よ……」

いきなり、文治郎の頭の中で何かが弾けた。

「そうか……そういうことだったのか」

文治郎は叫び声とともに飛び上がった。

その足で文治郎は上野池之端の鳳来屋に向かった。

案内を乞うと、にこやかに女将が出てきた。

「あら、多田先生じゃございませんの。また、今日はお調べでございますか」

「うん、ちょっと調べ足りないことがあってね」

「なんでございましょう」

「いま、広間に客はいるかな」

「いいえ、今日はお昼の大きなお食事は入っておりません」

「それじゃ、離れはどうだろう」

「離れのほうはお昼の会食のお客さまが十名さま入っておりまして、踊り子衆も四名ほど……」

「あの日の妙や菊たちか」

文治郎は勢い込んで訊いた。

「いいえ、別の娘たちです。ほら、三味が賑やかじゃありませんか」

「そりゃ、ちょうどいい。お女将さん。ちょっと広間に入らせてもらうよ。なに、すぐのことだ。調べが終わったら、すぐに退散する」

「お気遣いなく。夜の支度まで一刻はありますから」

「ああ、そうだ。先日の昼の普茶料理だけどね。食器はいつ用意したんだい」

「昼のお席の食器は、いつも前の晩にはご用意しますよ」

「やはりそうか」

女将は不思議そうに首をひねった後に愛想笑いを浮かべて頭を下げた。

「ごゆっくり」

若い衆に案内されて広間に入ったとたん、文治郎は叫び声を上げてしまった。

「おお、聞こえる。聞こえる」

〽人の心の花の露　濡れにぞ濡れし鬢水《びんみず》の　はたち鬘《かつら》の水くさき

はっきりと歌の文句まで聞き取れる。

いま聞こえているのは長唄の『枕獅子』の本調子の部分だった。

「わかった。わかったぞっ」

文治郎は若い衆に抱きついた。

〽春は花見に　心移りて山里の　谷の川音雨とのみ　聞こえて松の風

はげ頭の若い衆は目を白黒させて呆然と立っていた。

文治郎の耳には『枕獅子』の三下がりがいつまでも心地よく響いていた。

3

翌日は冷え込んでいた。

昨夜、明け方近くまで書見《しょけん》をしていた文治郎は昼前まで布団に潜り込んでいた。

戸を叩く音に眠りを妨げられ、いささか不快に思いながら、文治郎は心張り棒を外して戸を開けた。

表情を失った甚五左衛門が立っていた。

「浩一郎が死んだ」

甚五左衛門は短く言葉を発した。

「なんだって」

文治郎は全身が強ばるのを覚えた。

「踊り子の妙と心中したんだ」

「まことか……」

頭から血が下がってゆくような錯覚に文治郎は陥った。

まともに声が出せなかった。

「ああ、亀戸の梅屋敷で死んでいたのを、早朝に庭に入った者が見つけた。お涼が知らせてきた」

「それで……死因は」

かすれた声で文治郎は訊いた。

「二人で毒をあおったんだ」

「なんということだ」

文治郎は絶句した。

妙の思いの者は浩一郎だったか。

二人は内膳殺しの責めを負ってともに生命を絶ったに違いない。

「亀戸に行ってみるか」

「ああ……」

文治郎は力なく答えた。

それでも、二人の最期の姿をどうしても見届けねばならなかった。

亀戸の梅屋敷は、正しくは「清香庵」という名で、本所埋堀の呉服商、伊勢屋彦右衛門の寮（別荘）だった。三千六百坪という広大な庭園に三百株を超える梅の木が植えられていた。

重い気持ちを引きずりながら、甚五左衛門と二人、亀戸へと急いだ。

瀟洒な数寄屋風の門を入ると、町方の同心が使う手下《てか》（目明かし）が、尻端折りに股引姿で所在なげに立っていた。

「おはようございます。旦那方は」

四十年輩の手下は嫌な目つきで二人をじろじろと見た。

「徒目付の宮本甚五左衛門と申す。同心衆は出張っているか」

「へぇ、岡野さまが出張ってらっしゃいます……」

「岡野金五郎どのだな。そこへ連れて参れ」

「へぇ、承知いたしやした」

ぺこぺこと頭を下げて、手下は先に立って梅林の中を歩き始めた。

世に知られた臥龍梅を横目で眺めながら奥まで進むと、一人の武士が手下らしい男を従えて立っていた。

黄八丈の着流しに黒羽二重の羽織、町人とも武士ともつかぬ中途半端な細刷毛小《ほそはけこ》銀杏髷《いちょうまげ》は町奉行所の同心以外のなにものでもない。

「岡野どの」

甚五左衛門が声を掛けると、岡野と呼ばれた同心は怪訝な顔で振り返った。

「あ、これは宮本さんじゃあありませんか。なんで貴公がお見えなんですか」

「いや、相対死《あいたいじ》にした男の家から報せを受けてな。ちょっと目付方で調べている男だったんだ。そちらは」

「御目付さまから依頼を受けた多田文治郎先生だ」

甚五左衛門はあいまいに紹介した。

岡野は文治郎の顔をじろりとねめつけた後で、急に愛想のよい笑みを浮かべた。

「そうですか。お二人ともご苦労さまです」

岡野という町方同心は、文治郎を医者か何かと思ったようである。

町方同心のうちでも、こうした現場に出張る定町廻《じょうまちまわ》りの同心は南北の奉行所をあわせても三十人程度しかいなかった。甚五左衛門と岡野が知り合いでも少しもおかしくはなかった。

「しかし、これはただの心中ですぜ。目付方でどんなことを調べてるのか知らねぇけどね」

「ああ、わかってる」

「こっちもそろそろ引き揚げようと思っていたんです」

「亡骸を見てもかまわぬか」

「どうぞご随意に。この先の縄ぁ張ってあるところです。おい、ご案内しろ」

岡野の下命で、手下はまたぺこぺこと頭を下げて、先に立って歩き始めた。

一町（百九メートル）ほど先にわら縄が張ってあり、数人の手下とひとりの女が立っていた。

女はお涼だった。

文治郎の顔を見たお涼は、何かを言いかけたが思い留まって頭を下げた。

お涼に向けて文治郎は、後で聞くと目顔で伝え、縄の向こうへ視線を移した。

ひと組の男女の身体が見えた。

一本の古木の幹を背にして、浩一郎とお妙が座った姿勢で死んでいた。

立っていた手下が頭を下げて、縄を持ち上げた。

「徒目付さまだ。亡骸をご見分になる」

文治郎は、こころを静めて縄の中へ入った。甚五左衛門も後に続いた。

浩一郎はいつもの藍染めの綿小袖に袴をつけ、お妙は華やかな薄紅色に白い千鳥を散らした振袖姿だった。

色を失った顔のなかで、二人の唇の端から垂れた血が固まっていた。

だが、二人ともまるで眠っているような穏やかな表情を浮かべていた。苦悶や苦悩が見られぬことが、文治郎の救いであった。

二人の頭上で盛りを迎えた白梅の香りが漂っている。

「南無阿弥陀仏……」

両掌をあわせた文治郎は、しずかに六字名号を唱えた。

(わたしがこの二人を追い詰めてしまった……)

真実を求めたことが、こんな悲しい結末を導くことになろうとは思ってもいなかった。

岡野が縄の内に入ってきた。

「梅を手入れに来た植木職人たちが見つけましてね。その内の何人かが、小梅の沼波家の仕事もしていたんで、この男が弄山さんの弟子だってことがわかったんですよ。それで、とりあえずあの下女が飛んできたんですが、下女の話では朝になってあの男がいないんで騒ぎになっていたってことですよ。いまんところ、女のほうがわかってないんですがね」

岡野の問いに、甚五左衛門はかすれた声で告げた。

「女は日本橋の妙という名の踊り子だ」

「ああ、それは助かる。宮本さんのおかげで調べる手間が減りましたよ。あの形装ですから、素人じゃないとは思っていたんですがね」

「相対死にということは間違いないんだな」

「これが亡骸の横に残ってたんですよ」

岡野は懐から一枚の楮紙《こうぞがみ》を取り出して甚五左衛門に手渡した。

甚五左衛門は、さっと目を通すと、しばし瞑目した。

目を開いた甚五左衛門は、書き置きを文治郎に渡した。


——師の恩に　報う術こそ　なかりせば　いまぞ旅立つ　春の夜覚めに　　浩一郎

——手をとりて　蓮の台《うてな》に　いざ向かう　心嬉しき　南無観世音　　たへ

二人の辞世だった。

歌も文字も上手くはない。

だが、内心の苦しみの叫び声が、二行の三十一《みそひと》文字から響いてくるようだった。

生真面目な男女の生真面目な最期が、文治郎は哀れでならなかった。

ぬか」

「文治郎、おぬしは一流の書家だ。いままでの謎解きでも、死者の残した書からその者たちの心根を説き明かしてくれた。この辞世に込められた二人の思いを教えてくれ

甚五左衛門はしんみりと言った。

「苦しみから逃れようとするつらさがよく表れている書だと思う」

文治郎の瞳はかすんで、二行の文字が見えなくなった。

「そうか……」

文治郎から受け取った楮紙を、甚五左衛門は静かに岡野に返した。

「二人とも身体に傷がないので、おそらくは毒を呷《あお》ったんだと思いますが、心中とはっきりしているし、あとは手下に任せて拙者は引き揚げます」

岡野はさして興味がなさそうに去っていった。

「内膳を殺したのは、浩一郎なのか」

甚五左衛門の言葉に、文治郎は力なくうなずいた。

二人が心中したことで、すべてがはっきりした。

「こうしたかたちでしか、浩一郎たちは自らの罪を償うことができなかったのだ」

「したが、どうやって殺したと申すのか」

「二人は助け合ったんだ」

いまはそれ以上の言葉を口にしたくなかった。

「多田先生……」

お涼が歩み寄ってきた。

涙を両の瞳いっぱいにためていた。

「浩一郎さんが……浩一郎さんが……」

お涼は声を上げて泣き始めると、文治郎の胸に抱きついてきた。

文治郎はお涼の身体を固く抱きしめた。

「浩一郎さん、いい人だったのに……」

お涼は文治郎の胸の中でしばらく泣き続けていた。

「わたしが二人を追い詰めてしまった……」

お涼から身を離して文治郎はつぶやくように言った。

「そうじゃないよ。先生」

「なぜだ。なぜ、わたしは二人を、そこまで追い詰めてしまったんだ」

文治郎はうめき声を出した。

「二人が死んだのはね。多田先生のせいじゃない」

「いい加減なことを言うなっ」

文治郎は両手で髪の毛を掻きむしった。

「本当よ。先生は悪くない……」

お涼はやさしく文治郎の背中を抱いた。

「放っておいてくれ」

文治郎が拒んでも、お涼は身を引かなかった。

「ね……聞いて」

お涼は文治郎の耳に唇を寄せて囁いた。

「まさか……そんな……」

お涼の言葉は、あまりにも意外だった。文治郎には返す言葉がなかった。

あたたかい陽差しが降り注いでいる。

それは、文治郎が考えてもいなかった悲劇であった。この世に生きる人の業の深さと、男女の宿命の悲しさを感じずにはいられなかった。

文治郎の心とちぐはぐに、梅の香りが豊かに匂った。

4

十日後、文治郎は、鳳来屋の離れに此度の内膳殺しに関わりのある人々を集めた。沼波弄山、竹川政信、柿沼館次郎、稲生下野守、宮本甚五左衛門、杉田玄白の六人である。

すでに浩一郎とお妙の野辺送りは済んでいた。

浩一郎もお妙も親兄弟がいなかった。二人の葬式はすべて弄山が面倒を見た。

役目が済んだお涼は沼波家を去り、もとの稲生家の下女に戻っていた。

「ご参集頂きありがとうございます。河原田内膳さまが殺められた此度の一件は、わたしの力が及ばず最悪の結末を迎えてしまいました。もっともわたしが何に気づいていても、悲しい結末は避けられなかったかもしれないのですが」

力なく首を振って文治郎は言葉を継いだ。

「此度の一件は、自ら生命を絶った二人の仕業です……」

「浩一郎はともあれ、お妙という踊り子も絡んでいるのか」

下野守は驚きの声を上げた。

「はい、順を追ってご説明申しあげます」

「た、頼む……」

「内膳さまが殺されたのは自業自得とも言えます。内膳さまは長年にわたって弄山さんを脅し、さらに一年半前には政信さんに危害を加えてその将来を奪った憎むべき男だからです」

一座にどよめきがひろがった。

「此度の一件では二つの謎を解かねばなりませんでした。ひとつは、誰が深鉢に毒を盛ったか。いまひとつは誰が内膳さまを刺し殺したかです。この二つは別のものでないことは明らかです。誰が深鉢に毒を仕込んだのかということについて、わたしは沼波家の方々を疑っておりました。配膳のようすや普茶料理の作法、当日の式次第を知る者。さらには、河原田内膳さまの傲岸な人柄を熟知している者としか考えられないからです」

人々は静まりかえって文治郎の言葉に耳を傾けている。

「ところが、踊り子の一人に聞くと、あの離れで茶会の始まる前に、踊り子たちが稽古をしたことがわかった。そんなところへ竹川政信さんと三味線を弾いたお妙さんが恋仲であったことをある者から聞きました」

「なんと……」

下野守が絶句した。

「そうなのです。お妙さんが将来を誓い合っていたのは浩一郎さんではなく、政信さんなのです。わたしのなかで二つの謎がひとつにつながったのはこのときです。

つまり、これはただの人殺しではなく、浩一郎さんの弄山さんへの尊敬の念と、お妙さんの政信さんへの思慕の情が生み出した仇討ちだったのです。そして、すべての鍵はお妙さんが握っていたのです」

「く、詳しく話してくれ」

「いまも申しましたように、茶会の始まる前に、踊り子たちはあの離れで稽古をしました。宴席の場を借りて前もって稽古をすることはあまりないようです。が、お妙さんは若い踊り子の舞いが心配だと言って、鳳来屋に頼み込みました。この店のご主人はよい方ですし、どうせ貸し切りでしたから、断るはずもありません。お妙さんは、稽古の最中にほかの踊り子の目を盗んで、内膳が座るとつよく考えられる西側の上座に置かれた深鉢に毒を入れたのです」

「そうだったのか……」

「毒を作ったのは、浩一郎さんです。浩一郎さんはかつて伊賀国で和更紗の染め物職人でした。それだけに草木にはとても詳しかった。毒を採った草木が何かははっきりしませんが、玄白先生のお話では下痢を起こさせる程度の毒はほんのわずかでよいそうですね」

「その通りです。盃半分くらいでよいでしょう」

玄白が請け合った。

「だから、毒が盛られたことに誰も気づきませんでした。しかも、計略通りに内膳さまは毒鉢の前に座ってくれた。ここで思い出して頂きたいのですが、内膳さまが腹を押さえて出ていってしばらくして曲が変わりました」

「ああ、覚えているぞ。たしか『雛鶴三番叟』に変わったな」

下野守がうなずいた。

「その通り。明るくめでたい『雛鶴三番叟』です。実はあの曲がお妙さんから浩一郎さんへの合図だったのです」

人々が息を呑む音が聞こえた。

「つまり、曲を変えたところで内膳が厠へ向かったと、妙女《じょ》は浩一郎に伝えたということか」

下野守は小さく叫んだ。

「はい、わたしは先日、なにか見つけられるものはないかと鳳来屋を再訪しました。そのおり、たまたま離れで宴席が張られていたのですが、母屋の広間あたりで三味線の音や歌声はじゅうぶんに聞こえるのです。あの日『雛鶴三番叟』が始まったら、浩一郎さんも厠へ行く振りをして広間を出るように示し合わせていたに違いありません。浩一郎さんが厠へ忍んでゆくと、内膳さまは用を足している最中で気もそぞろだった。腹を下しているのですから、浩一郎さんが迫ったことにも気づかなかったのです。浩一郎さんは日頃から窯を焚くために赤松材を放り込む日々で腕っ節は鍛えられています。突き殺すのは難しいことではなかったでしょう」

「そうか……すべて辻褄《つじつま》が合うな。したが、ひとつ間違えば実行できぬ計略ではないか」

甚五左衛門が口を挟んだ。

「そうとも、浩一郎さんとお妙さんは運を天に任せたんだよ」

「どういうことだ」

「毒を盛った深鉢の前に内膳さまが座らなければあきらめる。内膳さまが腹を下さなければあきらめる。曲をうまく変えられなければあきらめる。浩一郎さんが厠へ行く途中で店の者などに出逢ったらあきらめる。ところが、此度はすべてが首尾よく運んでしまった。厠の裏手に立って用足しに夢中の内膳さまを見て、浩一郎さんは天の声を聞いたと感じただろう」

「なるほど、綱渡りの計略がすべて図に当たったことが天の声か」

甚五左衛門は鼻から息を吐いた。

「そうとも。いまお話ししたように、此度の一件は浩一郎さんとお妙さんによる仇討ちなのです。内膳さまがなぜ仇討ちをされなければならなかったかは後で話すとして、ここでは二人が首尾よく内膳さまを討った後に、どうしてあんなに悲しい結末を迎えなければならなかったかをお話ししましょう」

一座にふたたび張り詰めたものが走った。

「お妙さんと政信さんは将来を誓い合っていた。だから、浩一郎さんから内膳さまへの仇討ちの話を打ち明けられたとき、お妙さんは自らも進んで手伝いたいと申し出たのです」

「なるほど……」

下野守は大きくうなずいた。

「ところが、内膳さまを討つというひとつの目標に向かって歩み続けるうちに、二人は恋仲になってしまった……」

二人の仲について、政信はすでにすべてを知っているとは思うが、文治郎は言いよどんだ。

「続けて下さい」

政信は、暗いがしっかりした声で発言を促した。

「二人は男と女の間柄になってしまった……縁は異なものなんて世間では言いますが、この二人についてはそんな気楽なものじゃなかった」

自分の口から出す言葉のひとつひとつが文治郎にはつらかった。

「お妙さんは身体の利かなくなった政信さんを裏切り見捨てたという罪の心に苛《さいな》まれ

たのです。また、浩一郎さんはもっとも尊敬する兄弟子を裏切った深い苦悩を背負ったはずです。それこそ地獄の業火に焼かれる思いで、二人は逢い引きを続けたのです」

「宿世《すくせ》の業《ごう》は悲しいな」

下野守はぽつりと言った。

「お言葉の通りです。だから、内膳さまを見事に殺して、弄山さんと政信さんの仇を討った二人が向かう先は悲しいことに蓮の台……あの世以外になかったのです」

「馬鹿だ。二人はなんて馬鹿なんだ」

うめくように政信が叫んだ。

「たしかにわたしと妙は将来を約していた。だが、身体のつながりはなかったんだ。浩一郎とそういうことになったのなら、わたしなんぞを放っておいて、さっさとあいつの嫁になればよかったんだ。なぜ、早まった真似をしたんだ。打ち明けてくれれば、このわたしが内膳を討ち果たしに斬り込んだものを。たとえ、この身が膾《なます》のように切り刻まれようとも……」

狂ったように叫ぶと、政信はがっくりと虚脱した。

文治郎には政信に掛けるべき言葉が見つからなかった。

しばし、沈黙が続いた。

文治郎は話の先を続けることにした。

「ご長男の惟長さんが作陶に関心がなく、ご次男の萬蔵さんが陶芸の道を捨てようとなさっていた。そんななかで、ただ一人、弄山さんの跡を継げる者は政信さんだったのです。世にときめく沼波弄山の後継者として政信さんの将来は輝きに満ちていた。弄山さんは政信さんの将来に大きく期待を掛けていた。そうですね、弄山さん」

文治郎の問いかけに弄山は静かにうなずいた。

「はい、その通りです。ですが、わたくしの跡を継ぐ者として期待していたのではございません。萬古窯はあくまでわたくしの数寄心を満たすための手慰みです」

「これは謙遜を……将軍家の御意にも召した御作ではござらぬか」

下野守の言葉に、弄山は大きく首を振った。

「公方さまや大納言さまへのご恩はかたときも忘れたことはありませぬ。されど、手慰みは手慰み。後の世がどうのというような大それた考えはもともと持っておりませなんだ。真に美しいと感ずる焼き物を焼ければ、この身は路傍に朽ち果てようとかまいませぬ。まして、窯を続けて後世に名を残したいなどという気持ちはいまもまったくございません。それゆえ、子どもたちが跡を継がぬとわかっても少しも淋しくはありませんでした」

「そのお言葉はまさに弄山さんの真骨頂だと思います。芸道を究め美を求めることにまったく混じりけのない弄山さんだからこそ、少しも俗気や邪気のない高雅な御作を生み出せるのです」

「お言葉まことに痛み入ります。しかし、逆に言えばわたくしの焼き物などはこの世から消えてしまっても誰一人困りませぬ。その意味では多くの人に愛されている備前すり鉢にも劣る……いや、今戸焼の瓦や土鍋にもかなわぬものです。もし、いま今戸焼がなくなれば江戸中の人々が困ります」

弄山は衒いも気取りもなく言い放った。

「では、弄山さんが政信さんに期待したものは何でしたか」

「政信もまた、わたくしと同じような男です。こ奴はただただよい焼き物を焼きたい。美しい色やかたちを生み出したい。そんな欲だけに取り付かれて作陶を続けてきました。天性の素質に恵まれ、すぐれた技も身につけておりました。そんな政信は時にわたくしの思いもつかぬ素晴らしい焼き物を焼いていたのです。いつかはわたくしには作れなかったような素晴らしい焼き物を焼いてくれるのではないか。そんな期待を抱き続けておりました」

　熱が籠もった弄山の言葉に、政信はうなだれたままでいる。

「館次郎さんと浩一郎さんについてはどうお考えでしたか」

「これは二人はよくわかっていたと思います。館次郎は完璧にわたくしの技を学んでくれました。されど、館次郎はわたくしの写しを作る才しか持たない男です」

「写しだけしか作れぬ……」

「誤解しないで頂きたい。写しは立派な美です。わたくしも明国や清国、安南（ベトナム）や和蘭陀の花器や食器の写しをたくさん作りました。そもそも焼き物は先人の見出した美を写し取るところから始まります。焼き物の美そのものをあらたに創り出せる者は、侘茶《わびちゃ》を編み出した茶聖（千利休）のように何百年に一人しか現れぬものです。従って、写しを焼ける力こそ、陶物師にとって何よりも大切なのです。世間並みの意味で言えば、館次郎の才こそ萬古窯の跡継ぎにふさわしいのです。世の人は『これこそ弄山の作だ』と思うものに金を払います。それゆえ、新しいことに挑み続ける政信では危うい。意気込んで作陶してもまるっきり売れなくなってしまう恐れもあるのです。ですが、先に申しました通り、わたくしに跡継ぎは不要です。浩一郎については……あれはよい男でした。いまはただ悲しみに暮れております」

弄山は浩一郎の才についての言及を避けた。

――わたしはまだまだヒヨコですから……まずは技を身につけなきゃ。

文治郎の心に浩一郎自身の言葉が蘇った。弄山は口にしなくともそのように思っていたのだろう。

「さて、弄山さんにここまで期待され続けた政信さんを大きな不幸が襲った。一年半前の大怪我です」

一座の人々がいっせいに文治郎を注視する気配が感じられた。

「政信さんの怪我は単なる事故ではありませんでした。弄山さんの萬古窯に忍び入った盗賊と戦った際に受けたものなのです。そうですね、弄山さん、政信さん」

「はい……仰せの通りです」

　弄山はかすれた声で答えた。

　政信は顔を上げようとしなかった。

「わたしが不思議だったのは、この件について弄山さんから町方への届け出がなかったことです。何かを盗まれた上に、政信さんが大変な怪我をしているのに届け出をしない。政信さん自身も盗賊に怪我をさせられたとは言わない。つまり、この件に関しては誰もが口をつぐんでいるのです。なにゆえなのか」

　文治郎は弄山を見据えて言葉を継いだ。

「弄山さんはとてつもなくまずいものを盗まれたのです。盗まれて世間に出ると自身ばかりか周囲の者が困るものだと考えています。どうですか、弄山さん」

　しかし、弄山は唇を引き結んだまま沈黙を続けた。

　文治郎は話の趣旨を変えることにした。

「政信さんはそのときの怪我がもとで作陶の道を断念した。憎むべき盗賊はいったいどこの誰なのか……わたしには答えはひとつしか見えてきません」

「いったい何者なのだ」

　下野守が強ばった声で訊いた。

「河原田内膳さまその人です」

「そうだったのか」

甚五左衛門が叫び、下野守も目を見張った。

「あらゆることを考え合わせるとほかには考えられないのです」

弄山をはじめとする沼波家の人々は一語も発しない。ただ、すすり泣くような声が聞こえていた。

「内膳さまは二丸留守居の役に就く前は四百石取りでした。一年ほど前に三百石の加増を受けて、栄えある留守居の職に就いたのです。幕閣などに多額の金品を贈って猟官にいそしんだ成果です」

「そうだ。そのことは身どもが調べたので紛れもない」

下野守が断言した。

「ところが河原田家はそれほど内福なわけではありません。では、その金はどこから出ていたか。言うまでもなく弄山さんです。いや、現金ではないかもしれません。高価な茶器をただ同然で内膳さまに譲り続けていたのでしょう。茶器を売り払った金で内膳さまは二丸留守居の職を得たのです。なぜ、そんな馬鹿げたことが成り立ったか。

わかりきったことです。弄山さんが内膳さまに弱みを握られていたからです」

「どんな弱みなのだ」

甚五左衛門が急き込むように訊いた。

「うん、わたしは内膳さまの前の御役を知って、この考えに辿り着いたんだ」

「たしか内膳の前職は……富士見宝蔵番頭だったな。そうか」

下野守が小さく叫んだ。

「そうです。千代田のお城に詰めてご公儀の宝物を収蔵してある富士見櫓を守護する御役です。四人の番頭はその頂点にあって、宝蔵番組頭と宝蔵番衆という部下を率いているそうですね。宿直もあって夜も常に警固の役人衆が詰めているそうです。ですが、何年も扉を開けないというような場所ではない。たとえば宇治茶などもこの宝蔵に収められるので、公方さまの御用があれば開けられて、日々、役人たちが出入りするとのことです」

「たしかに多田どのの申す通りだ」

「ここからは想像なのですが、内膳さまは弄山さんに頼まれて御宝蔵から何らかの宝物を盗み出しこれを渡して大金を得た。さらに金が必要となった一年半前にそれを奪い返して、今度は脅し始めたのではないですか。『これは二人で共謀して盗んだものだ。死なば諸共だ』なんて脅しを掛けたのではないでしょうか」

「それは違います」

弄山の凜《りん》とした声が響いた。

文治郎の胸も大きく拍動した。

一座の者は息を呑んで弄山を見つめた。

「このお話をすれば、我が身と家族の破滅は間違いがなく、下手をすれば弟子たちや店の者たちに累が及ぶかもしれませぬ。しかし、多田先生にそこまで言い当てられてしまったからには、知らぬ存ぜぬと言い張ることはかないますまい。また、浩一郎の不幸はすべてわたくしの身から出た錆がもととなっております。浩一郎の供養のためにも、なにがあったのかを、わたくしはお話しせねばなりますまい」

弄山は一同に向かってかるく頭を下げた。

「わたしの誤りをお正し下さい。どうかお願いします」

「いや、多田先生のお言葉の半分以上は当たっています。五年前、内膳は御宝蔵からひとつの香炉を盗み出しました。内膳は宝蔵の長ですから鍵も預かっていたし、配下のお役人衆の目を欺くのも苦労はなかったのでしょう。まして何十年、あるいは何百年も使われていなかった香炉がひとつなくなってもすぐに気づく者はおりません。ですが、宝蔵には点検がございます。あまりに長い間、香炉が本来の場所になければ、いずれ騒ぎが起きて御役所も動き出すはずです」

喉が渇いたか、弄山は煎茶器を口にした。

「ただ、わたくしは香炉を数日間お借りしたのです。そのくらいの間であれば、気づく者はおりませぬ。数日後、内膳は何ごともなかったかのように香炉を御宝蔵に戻しました。これだけでしたら、騒ぎが起きることもありませんでした」

一座は隣に座る者の鼓動が聞こえるかのごとく静まりかえっている。

「ですが、内膳は先ほど多田先生のお言葉にあったように『二人は一蓮托生』などと申して金をせびりに来始めました。幸い、金には困っておりませんでしたので、乞われるままに与えておりました。かようなことの例に漏れず、内膳が要求する金高はどんどん増えて参りました。それでも、わたくしは黙って内膳に金を渡し続けました」

「かくたる証もないのにですか」

文治郎の疑いに、弄山は笑顔とも泣き顔ともつかぬあいまいな顔つきで答えた。

「愚かなわたくしは香炉を詳細な図面に描き、そればかりか文様を完璧に写した皿を焼いてしまったのです」

「しかし、その香炉や図面を見てもほかの者には御宝蔵から盗み出したということはわからないのではないですか」

「いえ、元代の景徳鎮で焼かれました『青花《せいか》宝相華《ほうそうげ》唐草文香炉《からくさもんこうろ》』と申す香炉でございます。世に二つとない秘宝で、図柄を知るには富士見櫓の御宝蔵に収蔵されているものを見るしかありませぬ。御宝蔵では物の出し入れがあると、そのたびに宝蔵番衆の方々が帳面に付けているのです。内膳はその帳面を見て、三代さま（家光）の頃から一度も使われていないと申しておりました。わたくしが写しを作れたということはとりも直さず、香炉が盗み出されたことのたしかな証なのです。本物と写しの二つを並べてみればすぐにわかってしまいます。内膳はそこにつけ込んだのです」

「内膳さまが小梅のお宅から盗み出したのは写しだったのですね」

「さようです。あ奴は香炉の写しと図面を盗み出そうと、一年半前のある夏の晩に小梅の家に忍び込んできました。香炉のことを弟子たちは知っておりましたので、盗まれては大変と、木剣などを手にして内膳と戦ったのです。悲しいかな。敵は武家、こちらは剣の技を持ちませぬ。ついに政信があんな身体にされてしまいました」

弄山の声は湿っていた。

「わたしにはわかる。なぜ、浩一郎が内膳を殺めたのか」

政信がうめくように言った。

一座の者は、いっせいに政信を見た。

「あの晩、内膳が小梅の家に忍び込んだことに初めに気づいたのは、浩一郎でした。内膳が香炉を手にして庭に出たところで、後を追って飛び出した浩一郎が木剣を振るいました。ところが、内膳は香炉を地に置くと、浩一郎の木剣を奪って逆に浩一郎を殴り始めたのです。肉を打つ音が気味悪く響き続けました。わたしはたまらずに、浩一郎の背中をかばったのです。内膳の木剣が何度も何度もわたしの背中に振りおろされました。わたしはそのまま気を失ってしまいました」

「そうだったんですか」

「一歩遅れて外へ出わたしが、地面に落ちていた石つぶてを拾って投げ始めると、内膳は兄弟子を叩くことをやめ、ふたたび香炉を手にして小梅堤に消えました」

館次郎も説明を加えた。

浩一郎は、わたしがこんな身体になったのは、自分のせいだと思い込んでいたようです」

　浩一郎が仇討ちに生命を賭けたわけがわかった。浩一郎にとっては、自分を守った政信に対する罪滅ぼしでもあったのだ。

「ひとつわからないことがあります。弄山さんのお手元に写しの香炉があったときにも内膳さまはゆすりたかりを続けていました。それなのに、なにゆえ、わざわざ盗み出そうとしたのですか」

「わたくしがあ奴の言うことを聞かなくなったからです」

「金では済まないことが起きたのですね」

「はい、金だけなら我慢ができました。内膳はわたくしに茶器をどんどん焼けと命じ始めたのです。じゅうぶんに売れるものを出来が悪いなどと言って割ってしまうなどもってのほかだと言い出しました。終いには意に沿わぬ出来のために壊そうと思って積んである茶器を勝手に持っていこうとします。ついに我慢ができず、わたくしは手切れ金とばかりに百両を渡し、出入り止めを言い渡しました。そうしたら、一年半前のあの凶行に及んだのです」

「つまり、脅すための証を内膳さまは手に入れたというわけですね」

「さようです……その後は、奴はやりたい放題、言いたい放題でした。しかし、わたくしにも陶物師としての意地があります。作りたくないものは作らぬ意地です。ここ一年ばかりは身体の調子が悪いと申してほとんど作陶しておりませぬ。窯場は弟子たちに任せておりました。内膳めはやいのやいの申しておりましたが、自分が二丸留守居の御役に就けたためか、以前ほど無理強いはしなくなりました。が、この先もどこでどんな無理を言ってくるかわかりませぬ。それで浩一郎があんな仕儀に及んだのです。すべてはわたくしの愚かしさのためです」

弄山は畳に両手を突いてうなだれた。畳にぽたぽたと涙がこぼれ落ちた。

「ひとつ伺ってもよろしいでしょうか」

「はい、何なりと」

顔を上げて弄山は顔を袖で拭った。

「わたしは弄山さんの御作の素晴らしさに心を打たれております。そんなすぐれた陶物師であるあなたが、御宝蔵の香炉を盗み出そうなどという内膳の甘言になぜ乗ったのですか」

しばらく弄山は黙っていた。

「数寄が狂気の沙汰となってしまったからです」

「数寄が狂気……ですか」

弄山はぼんやりとうなずいた。

「実は御宝蔵収蔵の『青花宝相華唐草文香炉』の話は一部の陶物師の間で名高いものでした。青花とは主に白磁胎に呉須で青く染め付けたものでそれ自体は珍しくありません。ですが、宝相華という五弁の架空の花びらと精緻な唐草文の組み合わせの華麗さは類を見ないものと聞いておりました」

弄山の言葉はどんどんなめらかになっていった。

「しかも、元代は景徳鎮の磁器がもっとも隆盛を見せた時期です。さらに唐国の美だけではなく、波斯国の美を併せ持つとのこと。もともとは波斯国の銀器を元の国で写したものと聞き及びます。世にあふれる染め付けものとは作られた舞台からしてまったく異なるものなのです」

話しているうちに、弄山の顔つきはいままで起きた悲劇などとは無縁なものとなっていった。

見開かれた瞳がとろんと揺れ始め、唇がゆるみ始めた。いままで見せたことのないような弄山の恍惚の顔つきである。

「わたくしは十年前、書物で『青花宝相華唐草文香炉』の略図を見ました。粗末な図でしたが、実物を思い浮かべるにはじゅうぶんなものでした。しかも、離れて見ると、隠し花模様が浮かび上がるという説明が加えてあります。図を描いたのは御宝蔵に収蔵するおりに関わった陶器商です。つまり、自分の目で見た者なのです。それからわたくしは寝ても覚めてもその皿のことが頭を離れなくなりました。ひと目でいいから、この目で見てみたい。その皿を見ることができるまでは死ねない。そんな思いに取り付かれてしまったのです。実際に、何度も何度も夢のなかで『青花宝相華唐草文香炉』に出逢いました……」

「そんな憧れを内膳さまに話してしまったのですね」

文治郎の言葉に、弄山は急に夢から覚めたように落ち着いた顔つきに戻った。

「はい……以前にも申しましたが内膳とはある茶会で知り合いました。あ奴が富士見宝蔵番頭の御役に就いていると聞いて、つい話してしまったのが運の尽きでした。浩一郎と妙さんを殺したのも、政信をあんな身体にしてしまったのも、すべてはわたくしの浅ましさゆえです。わたくしは窯を壊して縛《ばく》につきます」

弄山は唇を嚙んだ。

「さて、わたしが考えたことと、弄山さんから明かされた事実が明らかになりました。下野守さま、どうか弄山さんにご寛大なる処置をお願い申しあげます」

文治郎は深く頭を下げた。

「いえ、わたくしはいかなる罰も受ける所存です」

弄山は背筋を伸ばした。

「話はわかったが、多田どの。この下野ひとつ解せぬことがある。内膳の罪と浩一郎、妙女の罪はわかった。それぞれが生命を以て償ったわけである。さて、弄山どのの罪とはなんぞや」

下野は生真面目な顔で問うた。

「申すまでもなく御宝蔵の……」

文治郎の言葉を下野守は遮った。

「勘違いしてはおらぬか。御宝蔵を破ったのは、すべて河原田内膳の罪であろう」

「いや、しかし……」

「では、弄山どのに尋ねるが、内膳はそこもとに相談して御宝蔵の『青花宝相華唐草文香炉』を盗み出したのか」

「いえ、先ほどお話しした通り、内膳には一度見てみたいと話しただけです」

「さすれば、御宝蔵破りは内膳の一存で行ったものであろう。多田どの、どう思われる」

下野守の口元にわずかな笑みが浮かんだ。

「はい、もちろん仰せの通りです」

文治郎は弾んだ声で答えた。

「弄山どのはただ写しを作っただけのこと。法は写しを作ることを禁じてはおらぬ。従って、弄山どのには何らの罪もない。これが身どもの考えだ。罪もない者を罰することはできぬ」

下野守は朗々と言い放った。

一座の人々から、言葉にならぬ感情の渦がひろがった。それは安堵であり、喜びであり、下野守への感謝だった。

だが、その渦をただ一人堰《せ》き止める者がいた。

「わたくしは許されてはならない。わたくしは罰を受けなければならない」

弄山は畳に頭を叩きつけた。

「酷薄なことを申してよろしいでしょうか」

文治郎の言葉に弄山は驚いたように顔を上げた。

「弄山さんは罰を受けても意味がない。なぜなら、それは単にあなたが、いま置かれている場所から逃げることに過ぎぬからだ。もしかすると、あなた自身は楽になるかもしれないが、ほかの誰をも幸せにすることはないのです」

弄山は目を見張って文治郎を見た。

「弄山さんの数寄の心はこれからも決して満たされることはないでしょう。美しい作品に出逢えば、きっと我を忘れるはずです。後先考えずに美を追い求めるはずです」

「多田先生……」

「しかし、真の美を生み出す者はそんな業を背負って生まれてきたのです。わたしのような匹夫《ひっぷ》には決して味わえぬ幸も不幸も弄山さんは知っている。どうか、これからも世の人々のために苦しみ続けて下さい。あなたにしか創れぬ美を生み出して下さい。逃げることは許されません。浩一郎さんやお妙さんのためにも」

文治郎は言葉に力を込めて言った。

「わたくしの浅はかさは治らぬようです……お言葉、肝に銘じて生きて参ります」

畳に手を突いて弄山は頭を下げた。

しばしの間沈黙が座敷を覆った。

「弄山さん、ほら、ウグイスの初音ですよ」

かろやかな鳴き声が響いてきた。

「まことに……今年は早めでしょうか」

弄山も顔を上げて耳を傾けた。

「さよう。昨年より二、三日は早いか」

目をつむって下野守は初音に聞き入っている。

「下野守さま、多田先生、いまの万感の思いを今日のウグイスの初音とともに焼き物に写してみたいと存じます」

「ほう、それは楽しみだ。焼き上がったら見せてもらえるな」

「はい、必ずお目に掛けます。館次郎、もう一度轆轤に向かうぞ。一緒に土こねだ」

「はい、先生」

館次郎は張り切って答えた。

「政信、焚き手の人足を手配してくれ」

「お任せ下さい」

政信も明るい顔つきに変わっていた。

いま、弄山窯は浩一郎という前途《ぜんと》有為《ゆうい》の若者を失った。

だが、弄山の才はまぎれもなく世に二つとないものだ。

弄山の作がさらに深みを増し、確たるかたちで次の世に残っていくことを、文治郎は願わずにはいられないのだった。

それはまた、生命を賭けて師の弄山と江戸萬古を守ろうとした浩一郎への何よりの追善ともなるに違いなかった。

あと半月もすれば、桜のつぼみもほころぶ。

降り注ぐ陽差しのなか、薄緑色の水面が静まっている今日の不忍池は眠たげですらあった。

沼波弄山はこの後も十数年の間、作陶にいそしみ、江戸萬古の名はさらにあがった。

六十歳となった安永六年（一七七七）に没し、浄土宗の深川本誓寺に眠る。法名、西誉方岸道一居士。

日本陶芸史に類を見ない沼波弄山の萬古焼は、弄山の没後、番頭の安達新兵衛が差配して命脈を保つことになる。そのなかで萬古館次郎こと柿沼館次郎文則は意欲的に作陶を続けた。桑名と江戸の店を営む弄山の子息たちが後ろ盾となったことは言うまでもない。

天明六年（一七八六）には、十代将軍家治が世子の家斉とともに小梅の窯を訪れ、江戸萬古が台覧の栄に浴した記録が残る。だが、後継者が育たずに弄山の拓いた萬古焼の道は、寛政十二年（一八〇〇）頃には途絶えることとなった。

その後、射和《いざわ》萬古、有節《ゆうせつ》萬古、安東焼などのかたちで江戸萬古は復活したが、弄山の作品のような輝きを見出すことはできなかった。

いまの世に知られる四日市萬古焼は、幕末期に始まったものである。赤土を用いた無釉の焼き締めものの急須や三島手の土鍋などの生活を彩る作品によって四日市は陶芸の町としても栄えている。これは沼波弄山の生み出した陶芸の道に連なる文化とも言える。だが、四日市萬古焼は、弄山の作風と直接のつながりを持ってはいない。

弄山萬古の栄光は、いまも残る多彩な作品のなかに、いつまでも輝き続けている。

参考文献

『萬古～流行と不易の焼物』　四日市市立博物館
『四日市萬古焼史』　満岡忠成著　萬古陶磁器振興会
『ここはばんこ焼のまち！　萬古焼の町から　魅力的なモノ・ヒト・コト』
内田鋼一監修　月兎舎
『japanese pottery BANKO』
http://banko-dou.wixsite.com/japan-pottery-banko
『萬福寺の普茶料理』　黄檗山萬福寺監修　学習研究社

この作品は書き下ろしです。

幻冬舎時代小説文庫

●最新刊
追われもの二
孤狼
金子成人

日本橋の乾物問屋の倅だった博徒・丹次は優しい兄・佐市郎の窮状を知り決死の覚悟で島抜けした。江戸での兄捜しが行き詰まる中、ふと懐かしい悪友を思い出す。人情沁みるシリーズ第二弾。

●最新刊
天下一の軽口男
木下昌輝

時は江戸時代中期。笑いで権力に歯向かい、物真似や滑稽話で、天下一の笑話の名人と呼ばれた男がいた。名は、米沢彦八。彼は何故笑いに一生を捧げたのか？　ぼんくら男の波瀾万丈の一代記。

●最新刊
遠山金四郎が消える
小杉健治

老中に楯突き、南町奉行を罷免された矢部定謙。北町奉行遠山金四郎は、友との今生の別れを覚悟する。一方、下谷で起きた押し込みの探索を指示する金四郎だが、事件の裏に老中の手下の気配が――。

●最新刊
孫連れ侍裏稼業
成就
鳥羽　亮

伊丹茂兵衛に与する亀沢藩下目付の同僚が斬殺された事件の裏には激しい藩内抗争が。事態は茂兵衛と松之助の運命をも呑み込みながら、思わぬ展開を見せる。人気シリーズ、感動の完結篇！

●最新刊
江戸の闇風
黒桔梗裏草紙
山本巧次

美人常磐津師匠・お沙夜は借金苦の兄妹を助けるが、その兄が何者かに殺される。同時に八千両という大金の怪しい動きに気づき真相を探るお沙夜を待ち受けていたのは、江戸一番の大悪党だった。

江戸《えど》萬古《ばんこ》の瑞雲《ずいうん》

多田《ただ》文治郎《ぶんじろう》推理帖《すいりちょう》

鳴神響一《なるかみきょういち》

平成30年12月10日　初版発行

発行人――石原正康
編集人――袖山満一子
発行所――株式会社幻冬舎
〒151-0051東京都渋谷区千駄ヶ谷4-9-7
電話　03(5411)6222(営業)
　　　03(5411)6211(編集)
振替00120-8-767643

印刷・製本―株式会社 光邦
装丁者――高橋雅之

幻冬舎文庫

ISBN978-4-344-42811-9　C0193　な-42-3